药铺年代

从内单、北京烤鸭到紫云膏，

中药房的时代故事与料理配方

卢俊钦 / 著

广西师范大学出版社

·桂林·

药铺年代
YAOPU NIANDAI

药铺年代：从内单、北京烤鸭到紫云膏，中药房的时代故事与料理配方
中文简体字版 ©2022 年，广西师范大学出版社集团有限公司
本书经由厦门外图凌零图书策划有限公司代理，经台湾城邦文化事业股份有限公司麦浩斯出版事业部授权，授予广西师范大学出版社集团有限公司中文（简体）版权，非经书面同意，不得以任何形式任意重制、转载。本书仅限在大陆地区发行。
著作权合同登记号桂图登字：20-2021-121 号

图书在版编目（CIP）数据

药铺年代：从内单、北京烤鸭到紫云膏，中药房的时代故事与料理配方 / 卢俊钦著. -- 桂林：广西师范大学出版社，2022.3
ISBN 978-7-5598-4656-3

Ⅰ. ①药… Ⅱ. ①卢… Ⅲ. ①随笔－作品集－中国－当代 Ⅳ. ①I267.1

中国版本图书馆 CIP 数据核字（2022）第 003555 号

广西师范大学出版社出版发行
(广西桂林市五里店路 9 号　邮政编码：541004)
网址：http://www.bbtpress.com
出版人：黄轩庄
全国新华书店经销
广西昭泰子隆彩印有限责任公司印刷
(南宁市友爱南路 39 号　邮政编码：530001)
开本：880 mm × 1 230 mm　1/32
印张：10　　　字数：200 千
2022 年 3 月第 1 版　2022 年 3 月第 1 次印刷
印数：0 001~6 000 册　定价：88.00 元

如发现印装质量问题，影响阅读，请与出版社发行部门联系调换。

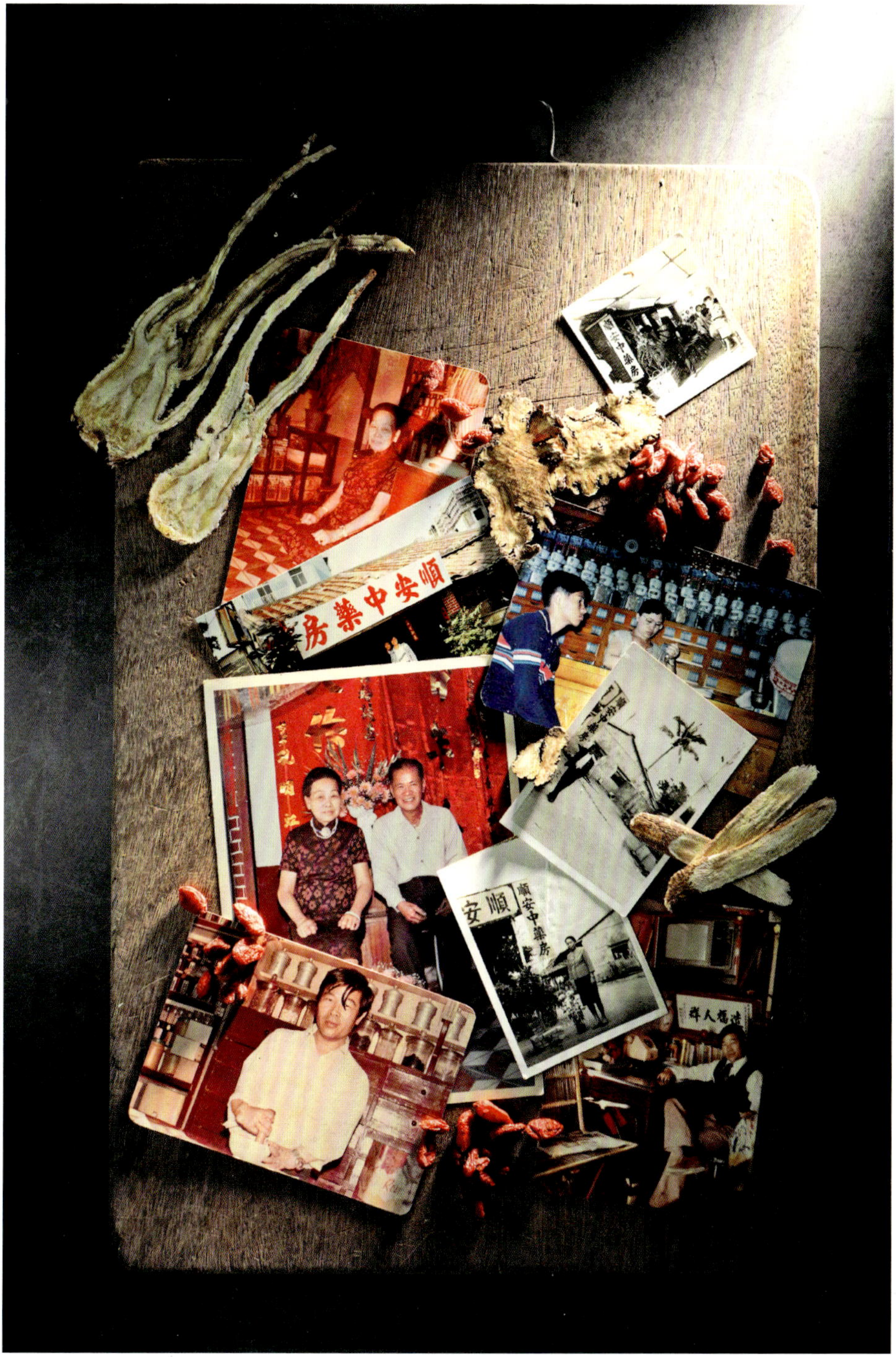

順安中藥房

第三代传承者——老大卢俊雄（左）、老三卢俊钦（右）

目录

辑一 那些人那些事

- 002 ……… 顺安中药行,从二〇一九走回一九三六
- 008 ……… 阿公的名牌
- 016 ……… 门神
- 022 ……… 小学徒求学记
- 029 ……… 屋顶上的晒药场
- 036 ……… 咪咪乐阿伯
- 041 ……… 哪里来的药材?
- 048 ……… 四两黑枣
- 052 ……… 惠生伯的"畚箕厝"
- 058 ……… 老药铺搬新家
- 066 ……… 老爸的副业
- 074 ……… 教中医师开药方
- 079 ……… 求药签,神明也要当医生
- 085 ……… 保证!包医!
- 091 ……… 原来你的名字也叫作顺福
- 096 ……… 阿水叔的高丽参
- 102 ……… 做药忏
- 108 ……… 普度,替好兄弟也补一补
- 112 ……… 也算药方一张,花椒一粒

辑二 总铺师的菜单

- 118 ……… 仓库
- 126 ……… 食谱　家庭版麻辣锅
- 128 ……… 老板，我要买台湾产的四物汤
- 132 ……… 食谱　四物汤
- 134 ……… 生化汤七帖
- 142 ……… 食谱　生化汤
- 144 ……… 弥月蛋糕
- 150 ……… 食谱　弥月十全鸡汤
- 152 ……… 食谱　弥月麻油鸡酒
- 154 ……… 食谱　发奶汤品——花生猪脚汤
- 156 ……… 帮大家进补
- 162 ……… 食谱　超级补冬大补帖
- 164 ……… 总铺师的菜单
- 170 ……… 食谱　总铺师的乌参鸡
- 172 ……… 药铺里的内单
- 178 ……… 食谱　药膳红蟳
- 180 ……… 食谱　咸水鸡
- 182 ……… 一张被遗忘的香料配方
- 188 ……… 食谱　瓮仔烤鸭
- 190 ……… 只有老药铺才喝得到的赤肉汤
- 198 ……… 食谱　黑狗兄的赤肉汤
- 200 ……… 最后一碗肉骨茶
- 208 ……… 食谱　肉骨茶
- 210 ……… 煮椪糖里有甜甜的童年
- 216 ……… 食谱　重温童年，一起来煮椪糖！

辑三 内用、外服与道具

- 220 ……… 跌打损伤——牛屎膏
- 226 ……… 紫云膏怎么做？
- 230 ……… 贵夫人的养颜圣品
- 236 ……… 珍珠玉容散
- 238 ……… 半夜的犀牛角水
- 247 ……… 犀牛角水怎么磨？
- 248 ……… 从前药铺的"火药库"
- 250 ……… 古早味脚动研磨机
- 260 ……… 食谱 私房胡椒盐、私房五香粉
- 262 ……… 运功散
- 270 ……… 阿公和老爸时代的七厘散配方

辑四 后记

- 276 ……… 接班与竞争
- 281 ……… 我永远的黑狗兄

辑五 香料、药材一览

- 288 ……… 香料、药材一览

四季食谱[1]

全年皆宜

麻辣锅——台湾长年湿气重,一年四季皆可发汗去湿的锅品。(P.126)

乌参鸡——四季皆宜,春夏可将人参改换西洋参,避免燥热。(P.170)

瓮仔烤鸭——食谱为家用版,除满足口腹之欲,鸭肉也可补元气。(P.188)

赤肉汤——四季皆宜,但特别适合冬季冷冷的早上来一碗暖胃。(P.198)

肉骨茶——四季皆宜,温和的药膳汤品,尤其夏天不想吃饭时很能提振食欲。(P.208)

咸水鸡——腌制用的盐巴事先炒过,可助后续入味程序,一年四季的下饭食物。(P.180)

秋冬季

超级大补帖——十全外另加龟鹿二仙胶、冬虫夏草、西洋参,更有助滋阴。(P.162)

药膳红蟳——四季皆可,特别适合秋冬补身、活络筋骨。(P.178)

弥月十全鸡汤——适合秋冬季气血双补。(P.150)

弥月麻油鸡酒——适合秋冬季或孕后气血两虚,去除寒气。(P.152)

月事、孕后

四物汤——月事后的气血调理。(P.132)

生化汤——产后或小产后帮助排除恶露。(P.142)

花生猪脚汤——发奶汤品,一般人一年四季也都可用。(P.154)

1　本书涉及的食谱、药方、药材说明等内容,不作为专业医疗建议。读者如有需要,应视个人情况咨询医生后再使用。——编者

自序

欢迎来到药铺年代！
这里头有纯真，有人情，
还有那些日常里好用的
香料配方与药膳智慧。

　　一九九三年台湾地区修订"药事法"，停发中药商执照（仅原本有列册的才可以继续营业），之后若需经营中药房，需领有药师或中医师执照，打破了从前中药房的父子相承、师徒相授传统，中药知识被纳入有关部门的管理机制，仅有科学中药纳入"健保"，饮片药材全被排除在给付范围之外。

　　随着时代变迁与政策走向，中药铺一间间凋零，能否转型，最大的敌人是自己。这几年我也特别有感，开始替家中药铺尽点心意，陆续将过往点滴及中式辛香料的使用心得，分享于网络。

时常有以前也是开药铺的朋友来留言，他们有的是从祖爷爷那代便开始经营，有的是第三代或第四代成员，其中不乏因为无法适应时代转变，早早歇业了的，也有的是目前尚在苦撑待变，还有部分是对家中药铺毫无兴趣，没踏入这行。

曾经，台湾人的生老病死，都离不开中药铺。从产后的生化汤、老人的养生药膳、病人的术后调理、女性的养颜美容、生病的抓药问诊、邻居的香料配方，到离世后的药忏……

如今，它已渐渐从日常里退位，但那些时代人情与香料配方，依旧可以跟着我们好久好久。

辑一

那些人那些事

顺安中药行，从二〇一九走回一九三六

药铺虽不是神秘的行业，却也算古老的行业之一，带有浓浓的神话色彩，生老病死，无一不与之有关。

自古以来，人们就开始与疾病对抗，神农尝百草，不过是为药铺这行业起了个头。神农被蒙上了一层神秘面纱，那从扁鹊、仓公到华佗，他们何尝不是呢？

这明白地道出，自古一脉相传的药铺，为人们的健康、对抗疾病，尽着应有的本分。虽然神话流传数千年，但神农尝百草的精神，却是如假包换地在现实生活中继续延续着，药铺的历史，不过是其中的一小段而已。

老药铺，服务范围涵盖生老病死

现实生活中很难找到像药铺一样，古老且服务范围这么广的行业了，涵盖了人的生老病死，连现在的教学医院也无法比拟。如此广的服务范围，在目前所能看到的行业中，几乎已经到顶，很难再加码。

药铺除了会参与到人的生老病死，有时连人前往阴间的事，也要插上一脚。当走到人生最后一段路时，前面就是孟婆汤及奈何桥了，在走过奈何桥前，总要将在阳世时那副充满疾病的躯体卸下，带着完全无病无痛的灵魂，喝下孟婆汤，进入另一轮的"新生"！药忏仪式里的那把药壶，就是开门的钥匙，这段过程是在同为接触生老病死的医院中所无法经历的。

从二〇一九往回走，就像打开俄罗斯娃娃，打开一个又一个，一个后又是另一个。记忆像俄罗斯娃娃，层层包裹，层层堆叠，一个里头是生老病死，另一个是重生喜悦，再一个是美味的回忆，下一个是光荣的岁月，还有养生、弥月、满足口腹之欲，等等。

打开一个，就仿佛回到某个年代，愈往里开，记忆随着被开启的娃娃，愈回到过去，从二〇一九回到一九三六，慢慢地，小时候的老药铺渐渐出现在眼前：铜制的捣药钵、手动的制药丸机、全脚动研磨机、小酒精灯、药柜里的瓶瓶罐罐、在药铺前来来往往的人们，药铺看尽了生老病死，也默默地承受着，用自己的方式为自己写历史。

二十四小时不休息的从前

以前的药铺好像现在的"7-ELEVEn"，也像土地公一样，有求必应，即使关了门休息了，半夜遇到有人敲门，药铺里的人再累再困，还是得开门来应付街坊邻居的需求，就怕耽搁了。扁鹊、仓公以降，千百年来，无论朝代如何更替，历史如何演变，药铺一直为着街坊邻居的健康，尽着应有的本分，未曾改变。

四百年前，先人们从唐山渡过险恶的黑水沟，来到台湾开垦，过了好一段披荆斩棘的岁月，也将中原"道地"或"地道"的药材，原原本本地带到这地方来，数百年来一直为岛上居民的健康，尽着药铺该有的义务与责任。

小时候出门，我从不用自我介绍，大家都知道我家从事的行业是什么。不是大家厉害，实在是我这从药铺里出去的小孩，身上总有股浓浓的药香味，别人想不知道都难。这也够特别的了，只有药铺里的小孩，才会有如此独特的味道。

记忆中的药铺和现在大不相同，历史的巨轮转动速度并不快，药铺可用舒缓的脚步慢慢跟上，慢慢写着自己的故事，千百年都是如此，也未曾想过，有朝一日可能会跟不上时代的脚步，而有被社会遗忘的危机。

还记得中药行吗？

这几年药铺也试着跟上时代快速的脚步，为着社会的转变而转型。我也运用网络科技跟一些朋友分享药材或是香料的相关信息，并记录药铺过往的故事。其中收到为数不少的以前的老同业的消息，虽然彼此不认识，但最大的共通点是，对药铺有着浓浓的感情，同样都面临歇业或转型的问题。他们有的顺利跟上时代脚步转型成功，有的尚在努力，有的还在苦撑，更有一些早已停业了，话语中充满着无奈与辛酸！

药铺的演变过程，恰恰是时代进步变化的缩影。不单单是药铺，还有好些传统行业，和老药铺一样，见证着时代的变迁，也共同为适应快速变化的社会，努力打拼、蜕变。老药铺和这些尚在努力奋斗的老行业一样，不需怜悯也不需同情眼光，但需要大家的支持与掌声，虽然现今药铺不再如此贴近人的生老病死，不过经过岁月的洗礼、时代的变迁，这个曾经被视为落伍的象征，蜕变后，或许依然能用另一种方式，扮演好应有的角色。

我们家的老药铺走过了八十四个寒暑、四分之三世纪的岁月，经历过台湾几个重要的事件,创立在全面抗战爆发前一年,这一年正是民国二十五年,即一九三六年。

我们就在中山路三十四巷三号!

1980年代的药铺情景

1960年代老爸站在药铺前

阿公的名牌

阿公虽出生于日据时代，却是在台湾生根，也在台湾落叶归根的台湾人。一九三六年老药铺开张，而那块印有阿公名字的名牌依然还在。

家里一直保存着一块日据时代桧木制的名牌，这是当年老家拆迁时，抢救下来的一块纪念品，上面写着"卢见兴"三个字。以前家家户户大概都有这种名牌吧！它代表着这户男主人的名字，以前一直都挂在中山路三十四巷三号的门牌底下。这块有阿公名字的木牌，大概是他的曾孙们，对他及老家仅存的一点点记忆了。

阿公总爱没收流氓的"机司头"[1]

记忆中阿公不太开玩笑，现实生活中很凶，家中小孩没人敢跟他亲近，这大概跟他受的教育有关吧！他有种大男人的威严，附近的流氓、小混混见到他，都要躲一旁，更别说从我家门前经过了，被他看见肯定被叫去罚站说教。阿公过世后，家中所清出他从那些流氓、小混混身上没收的武士刀、扁钻及西瓜刀之类的刀械，就有数十把之多。

为什么老家附近的混混特别多？因为家里的老里长从台湾光复后就在附近开了两家有牌照的"红灯户"。以前单身漂洋过海的阿兵哥多，常有生理方面的需求，也因此会有利益纠葛；或为了确保不要有争风吃醋的情形发生，往往有所谓的围事人员，在附近争抢地盘，所以当时老家附近的流氓不少，械斗的情形也比别的地方多一点。不过当时他们都会尽量不经过我家，而从别的地方绕道而行，免得身上的"机司头"一不小心又要被阿公没收了。当时敢不疾不徐、走路有风经过我家门前的年轻人，大概就只剩下宪兵，因为宪兵每天都要到"红灯户"前巡逻，主要是抓逃兵，或是有时阿兵哥办完事没钱付账时，宪兵也会出现。

---

[1] 闽南话中指器具，这里指后文提及的刀械。——编者

一九三六年开张的老药铺

　　老药铺开张于民国二十五年，也就是一九三六年。另外又有一说法，是全面抗战爆发前一年。阿公出生于日据时代，受日文教育，会的语言是日文，不过他也学习汉文——文言文，但只会说闽南话。学习汉文是因为，当学徒学中医药，汉文是必备的文字技能，当时的医药典籍都是汉文，能用闽南话发音正确念出汉文及药材名称是非常重要的一件事。

　　阿公和兄弟一起当学徒，一起开业经营中药铺生意，后来因为分家，阿公舍弃当时在大马路上的店面，将已经在营业的中药铺让给哥哥，选择回到巷子里的老家重新开始。当时他也没能力在大马路上买房子吧，所以选择不用房租的老家。小时候我常听他回忆开业之初的往事：由于开业不久后就遇到二战爆发，初期美国还没加入战争，当时也并没有感觉到战争恐怖，只是刚开业时，一些老客人及熟识的朋友，大多都还不知道他在巷子里开了一家中药铺，所以只要一有空闲，阿公就会到巷子口等，若遇到熟识的人或以前光顾过的老客人，便告诉他们，他在巷子里重新开了一家中药铺，若有需要可到巷内看病抓药。

　　这样的日子持续了好几年，好不容易生意稍有起色，这时美军也加入战争，对台湾的日军展开轰炸行动，阿公平日除了要到巷口等客人，有时还要躲空袭，直到熬过了这段时间，国民政府接手台湾，开始过着光复后的日子，生活与生意才渐渐步上轨道。

日子一样往前走，总算开始过着正常的生活。国民党来台后，凤山成为军事重地，除了三所军校，凤山另外有三多：军营多、阿兵哥多、宪兵多。当年来台的军人多半单身，因此才会有上述所说的"红灯区"。

三不五时[1]，为了地盘问题，或是利益纠纷摆不平的时候，家附近便常发生械斗。有趣的是，被砍的一方，总是从"红灯户"这边，一路经过我家，跑到大马路，因为从这边到大马路上的医院就医包扎伤口比较近，而砍人的一方，一定从另一边的巷子跑出去，绝对不会经过我家，要不然"机司头"肯定又要被没收了。这事在五六十年代最常发生，那时"红灯户"的生意最好，七十年代，外头风月场所愈来愈多，凤山的"红灯户"也就渐渐没落。印象中最后一次有人跑过去，是七几年，当时武士刀已经较少人用，取而代之的是改制手枪，一次膛炸，我看到一个右手血肉模糊的人，从我家前面跑到大马路，膛炸的地方，遗留下一把钢笔手枪。

---

1 闽南话中指经常，表示很频繁。——编者

我的"红灯区"记忆

说起"红灯区",我小时候常进去"光顾",有时是跟着大人送药进去,有时是玩捉迷藏,跑到里面躲藏,因为里面最安全,一间一间的小房间,排列成"冂"字形,躲在里面,从不怕被其他的小朋友抓到。不过等到年纪大一点,比较清楚里面是怎么一回事,就没敢再进去了。

我阿公一生中只会两种语言,一种是闽南话,另一种就是日语。自有记忆以来,他的日语只会在两种情形中出现,一种是跟他同辈聊天或是打招呼时,另一种就是骂人的时候。他骂人永远都用日语,骂起人来不假辞色、不留情面。不过还好,这种骂人的情形到七十年代就不再发生,因为当时"红灯户"的生意逐渐没落,也就没有所谓的利益问题,不用再围事争地盘。而我家这些年也收集了为数不少的武士刀、扁钻及西瓜刀,直到阿公去世后,才将这些刀械清出,不过都早已生锈了。

尔后大家都可以放心地经过我家。七十年代后,台湾南部兴起一阵"盖贩厝[1]"之风,凤山的流氓们不用在此争地盘,改卖"兄

---

1 贩厝,指一楼是商铺的矮层住宅,多有骑楼,常常成排连在一起,有别于旧式的独栋平房。——编者

弟茶"[1]去了,即使经过我家,看到我阿公,也都会叫声"见兴伯"。

我的奉茶年代

小学到中学这段时间,是我对阿公记忆最深刻的一段,大部分的时间阿公好像都在家旁边的屋檐下,跟其他长辈邻居闲聊。当时家中药铺大部分都已交给我老爸打理,阿公专司闲聊,或是有客人上门时,吆喝我们这些小鬼,倒茶请客人喝,只有我老爸不在,或是遇到疑难杂症的时候,他才会起身,走到药铺内,不然就是在帮忙整理药材而已。不过,说到喝茶,倒给客人喝的茶,当时还是孩子的我可是打死都不会主动去喝的。以前家中的茶分两种,一种是一大桶,称之为"奉茶",是给一般路过的人喝的白开水;另一种是小茶壶装起来,用茶叶泡的,客人上门总是要喝好一点的,所以一般客人都是喝这种。不过小朋友还是比较喜欢喝"奉茶",因为茶叶泡的那一壶,早上刚泡好时,不算太浓还可以喝,等到下午,就变得又浓又苦,真搞不懂为什么大人爱喝。不单单是我家如此,就连斜对面茶室里的人也都喝这种又苦又涩的茶。

1　指商店开张时,流氓地痞去收"保护费"。——编者

小时候阿公心情好的时候，偶尔会唱唱歌，不过永远都是日语歌，我也永远都听不懂。我想光复后的日子对他而言，一定不好受。虽然未能从他口中得到证实，但从他只唱日语歌，只用日语骂人，应该可知一二。

可我始终认为，阿公虽出生于日据时代，却是在台湾生根，也在台湾落叶归根的台湾人！一九三六年老药铺开张，而那一块写有阿公名字的名牌依然在！

阿公与阿嬷

以前的老药铺

门 神

> 以前的人家，总喜欢在过年前，趁着更换门联时，在对开的木门上贴一对门神，代表着趋吉避凶，也有招财进宝之意，那……我家的门神呢？

　　自有记忆以来，平房的老药铺早已将原先的木头门面拆除，换成铁卷门——我一直没机会见到当时房子的原貌，所以老药铺在除夕贴门联时，会将门神贴在骑楼的柱子上。

　　不过要见到房子原先的面貌一点也不难，药铺是阿公与大伯公两兄弟一起建造的，一式两间，格局一模一样。大伯公一直都在外面大马路上开中药房，我们老家隔壁的屋子始终空着，所以也一直保留建造之初的原貌，只是久未有人居住，因此后面的厨房早已塌陷，不堪使用，但前半部却保留完好。大门是对开的木片大门，下方是一道高起的门槛，左右各有一片窗，进去后便是大厅，以一块木板隔起，再后面就是主卧室，跟老药铺的格局一模一样。其中，大门的门神是直接画上去的，所以虽然没人居住，却一直有门神的守护。

永远守在门口的阿嬷

我家老药铺拆了原有的木门及窗户，原来的门神也就换了位置，换到骑楼的柱子上，不过药铺前一直都有位真正的门神守护在门口，那就是我家的——阿嬷！

把阿嬷称作"门神"，似乎对她及门神都有那么一点点的不敬，不过在现实生活中，阿嬷确是不折不扣的"门神"无误。每天从早到晚坐在药铺前，不需公关或帮忙，也没有电视剧《大宅门》里那般曲折离奇的故事情节，手中没有神秘"秘方"能让药铺从此扬名立万，一夕致富，基本上，这位门神只需坐在门前，做好她的工作即可。

记忆中的阿嬷，我没见过她进厨房，即便是逢年过节，需要准备一大堆菜肴也一样。她早已到了媳妇熬成婆的阶段，厨房大小事，都不是她的管辖范围。

打从我懂事以来，家中阿嬷似乎一直没老过，永远都是梳着包头，身着类似旗袍式的连身服。看阿嬷以前所拍的照片，她的身旁都会出现一盆盆亲手栽种的菊花。在她那个年代里，女子无才便是德，虽然没受教育，也不识字，每天却有功课。阿嬷早就能将整本经书倒背如流，除了早晚听着收音机的诵经，长年的早斋习惯，也象征着她对宗教的虔诚。其余时间，她便是坐在药铺前手工一针一线缝着斗笠，扮演着药铺门神，有崇高的地位，这也是阿嬷从年轻以来的唯一职业。

古老的记忆与技艺

斗笠在以前农业社会是家家必备的物品，不管是遮阳挡雨，下田干活，还是出门购物，都少不了它。在当时，斗笠的重要性比雨伞大多了，需求量大。不过制作斗笠机器无法代劳，全得用手工一针一线慢慢缝起来，因产量不多，阿嬷做的斗笠又特别耐用，一直供不应求。

不过自从社会形态慢慢转变，由农业社会步入工商业社会，工业制帽与雨伞大量普及，斗笠的需求量渐渐少了，戴的人少，做的人也就跟着减少，即使在乡下地方，也大多被便帽取代，传统的技艺已不多见。可惜当时没有网络与"部落格"[1]，要不然便可拍照上传与人分享。

这位长年无休的门神，不常出远门，只有几次和街坊老人所组成的旅行团外出旅游，一般都是团体活动。对于不识字的她，甚少有机会单独一人外出远行，能让她单独远行的只有两件事，一件便是每隔一两年她便会独自一人搭车到南投的竹山去采购制作斗笠所需材料，如竹叶、竹架，等等。当时交通并不发达，到一趟南投也算是舟车劳顿，得转乘好几班车才能到达竹山。一早出门，到达目的地时已近黄昏，在当地旅社过一夜，隔日再进行采购的事，完成后又得转乘数次才能回到家。

另外一件会让她远行的事，便是每隔一段时间，就要去探视她那位在外地"深造"[2]的儿子[3]。由于她那位在外"深造"的儿子，每隔几年便会更换地点，我常不清楚阿嬷到底去了哪里。小学时，我曾跟着去过一次，那次的地点在新店，我们搭乘夜车，一早刚刚好抵达台北，再转乘公车到新店探视。

不过这位长年在外地"深造"的儿子，有时也会回家，每隔数年便会见到他一次，却总是很匆忙。只要他回来，阿嬷那几年

1　即"博客"，英文Blogger的音译。——编者
2　指入军中监狱服刑。——编者
3　此为作者的叔叔。——编者

靠着一针一线缝斗笠所积下的私房钱，便会通通"孝敬"给这位儿子挥霍。拿了钱的他肯定又会见不到人，几天后，部队长官又会来找人，紧接而来的是宪兵。这样的戏码每隔几年便会上演一次，前后长达二十多年，药铺的门神一直在门前一边缝着斗笠，一边等着她那"深造"的儿子光荣回来，却始终没等到。一直到阿嬷真正变老，再也无力在门前缝斗笠，更无法去外地探视，到最后连呼吸都忘了时，她还是没能等到她那"深造"的儿子"光荣退役"。

在讲求三从四德的年代，为了能符合当时的潮流，阿嬷观念上也是异常传统。儿子永远比媳妇重要，千错万错都是媳妇的错，儿子是不会出错的，有错便是当人家老婆的错。有段时间，老爸晚上常出去当"黑狗兄"漂撇[1]，阿嬷不是责怪儿子花心，而是要媳妇不要管他儿子管得太严，十足袒护儿子的感觉，这大概就是传统的媳妇熬成婆心态吧！

虽然都熬成婆了，不过在我阿公面前，她还是一直保持着传统女性的习惯，一辈子都以丈夫为先，从没有过自己的意见，也没见过她发脾气，永远都是默默地承受着，即便是长年在外"深造"的儿子状况不断，她也总是以着急取代愤怒，充满了传统女性无可奈何的感觉！

1　闽南话"潇洒"之意。——编者

门神，是药铺一个无法说清楚的故事，伴随着老药铺的搬迁，也随着记忆被慢慢尘封了。

永远守在药铺门口的阿嬷

小学徒求学记

不知是天意,还是命运使然,老药铺的小学徒是谁,似乎是冥冥中早已注定好的一般!

老药铺的学徒最早是我大伯父。他学了几年觉得无趣,总认为外面世界有趣得多,决定到外面世界漂撇去,老药铺一直是阿公独撑大局。

那么,药铺学徒第二顺位当然就是我家老爸了。

挨过怪病天花,保住小命

老爸生于美军轰炸日军的年代,每次躲轰炸总由阿嬷背着,从凤山古城出北城门，一路走到大树乡的龙目井躲避。这样的日子持续了三四年之久，好不容易盼到能过上较安稳的日子时，老爸又不小心生了一场在当时乡下大家都不知道的怪病，后来大家都说那病叫"天花"，以现代医学角度来看算是一种滤过性病毒。

这场病差一点要了他的小命，当时大家都认为这小孩没救了，没被送到南城门外等死算是万幸。因为从清朝到日据时代，乃至光复初期，有任何传染疑虑的重病患者，多会被送到南城门外等死，待死后家属去收尸，若有侥幸苟活康复的，便由家属接回家休养。

南城门外在当时是一个等死的地方，也可以说是传染病的大本营，这是历史的必然，会致命的传染病有谁不怕？这事任谁都怕，既然大家都怕，就交给老天爷去安排，这在当时的医疗上是无奈，也是悲哀。

老爸当年没被阿嬷送到南门城外等死，只是被宽容地用门板垫着，放置在屋外的屋檐下，等待同样一件事的到来。但我想老天是眷顾他的，留下了他的小命，让他接手药铺里的一切。

阿嬷说，阿爸手脚不知什么缘故溃烂，到真正会走路为止，经历了好几年才康复。真让人难以想象，一场病会持续那么长的时间，且在手脚上留下明显的记号，让日后小辈们也见识到怪病的威力。

老爸康复好上学去

到了康复会再次走路时，老爸也该上学去了。那时推行"六年义务教育"，大家都得到学校去识字，我家老爸也不例外。在班上，他已经不能算是小朋友，他当时九岁，算是"中"朋友，比起同班小孩足足晚了三年上学。

当时，在各行各业当学徒不一定要识字，当然能识字是最好不过了。不过也因此，并非全部的小朋友都会到学校去，还是有些因家庭需要劳动人力而没去上学的。会识字才能开药铺，这是最基本的能力。所以尽管家里孩子多，生活也不是挺富裕，但再苦也要让小孩上学，不识字这条路就别想往下走了，虽比起其他小孩晚几年入学，晚几年毕业也就好了。

在百业待举的时期，多数家庭都希望小孩能早日就业，贴补家用，小学毕业后，很多小孩便被投入就业市场。在那个初中还需考试的年代，并不是人人都念得起书，升学对大多数人来说，只是梦想，是有钱人家且又会读书的小孩的专属，意思是即使家庭有能力供应学费、生活所需，总也要能考得上才行。

我家老爸也一样，小学毕业后，便留在药铺帮忙。先前是大伯父在药铺当小学徒，不过几年后他觉得无趣，便离开到外地发展，好不容易等到卢家老三小学毕业，没再继续考初中，便顺理成章留在药铺里。

懂"汉学"很重要

老爸小学毕业后识字基本没有问题,要将药材名称用普通话说出也大致可以,但若真要将全部药材以闽南话念出,就有某种程度的困难了。早期在阿公那个年代,多数人受日文教育,但有更多人是"青暝牛"[1],民间的共通语言是闽南话。所以,在日据时代要开一间药铺,懂"汉学"是必备的,比会日文重要得多。

老爸虽上过六年小学,不过要将全部药材以闽南话发音念出,还是得学习,所以小学毕业后,除了在药铺帮忙,每天也要去先生那里学"汉学"。

这里的"汉学"是指闽南话,包括发音、识字、音韵系统,以及标准的"汉学仔"发音,并不是指中国古代文化的研究。

"先生"就是我们现在说的"私塾",当时的"汉学"对某些人或专门行业是有必要的,也因为日据时代刚结束,从前学的是日文,现在自然需要这种既懂日文又懂"汉学"的人来做沟通的桥梁。

---

1 文盲,不识字的人。——编者

就如同我阿公一样，也算是为人做沟通的桥梁。当时的人不是受日文教育就是"青瞑牛"，会看日文的不一定能完全看懂汉文，因经济因素而没受教育的就更不用说了，所以我阿公虽然是开药铺的，但因受过日文教育、学过"汉学"，在某种程度上还算可以帮人沟通。

我老爸学"汉学"大部分是因为职业需要，所以在先生那里学了好些年。先生家离我家不远，令人好奇的是，我老爸说这种教授闽南话的"汉学"，教的是四书五经，还有一些唐诗之类的诗词，可比小学里教的还要正统呢！

原来懂"汉学"就是懂闽南话

我们现在看，不过是学个闽南话罢了，没什么大不了。但在我生长的六十年代，小朋友说闽南话，可是要被"罚钱"的，甚至在学校被挂"狗牌"勒。当时因为要把闽南话转成普通话，常常把"他打我"说成"他给我打"，闽南话不就是这么一回事吗？

不过，在那个历史背景错综复杂的年代，有受日文教育说日语的，有目不识丁说闽南话的，更有一群操着浓浓乡音说普通话的朋友夹杂其中，有的生活背景相同，有的大相径庭，听得懂的、听不懂的通通生活在这块土地上，沟通变成一件复杂的事。

所以懂"汉学",当时对我老爸从事的职业是一件重要的事,这样他才能帮街坊邻居解药签、说病理、讲药材。

老爸从小学到"汉学",也历经十几年,虽然没有文凭,不过在教育程度及年资上,换成现在,领个大学毕业证书也不为过。

"汉学"的优美,大概我这辈子都无法领会,以前看我老爸读报纸,总是用正统的闽南话念社论、读文章,甚至背唐诗,流利且音韵优美,我才慢慢领受到他的"汉学"功力。(我也试过用闽南话念文章,真是一件不简单的事。)

纸与笔,大家沟通的好朋友

在别的行业有三年四个月就可以"出师"的行规,药铺没有,因为三年四个月大概还无法认识全部的药材,也不会见到所有该见到的病症,总是一边做一边学习,就如同学"汉学"一般,不会三年四个月便能领会"汉学"的精髓,也没人可以轻易地以"汉学"来"出师"。

老爸虽然受过义务教育、学过"汉学",但也不是无往不利。凤山是南部古城,同时也是军事重镇,军校、军营及眷村都多,相对地,带着大江南北口音的人也不少。这药材是道地的,"汉学"是传统的,但普通话却是台湾腔的,要是遇上眷村来的伯伯们上门买药,常常是"买多少"说成"买好多",这传统且道地的"汉学"就派不上用场了,只能用着台湾腔和浓浓乡音的普通话沟通,且有些中药材偏名又多,常常是鸡同鸭讲,到最后只能请出纸与笔来沟通了。

在上一代,因为历史背景或职业需要,"汉学"被重视且需求着;到我这一代,却被教育成说闽南话得挂狗牌或罚钱;到了下一代,因"汉学"快失传,隔代沟通有困难,又开始被重视起来。三代人对"汉学"有着三种截然不同的感受,变化也太大了!

以前药铺的内单,记载着熟客的香料或养生药膳需求

屋顶上的晒药场

> 我们每次偷偷上屋顶,被大人知道了,总少不了挨一顿骂。不过因晒药材爬上屋顶,就可以光明正大……幻想自己是电视上武功高强的人,享受飞檐走壁的快感。

小时候有位住在隔壁的玩伴,喜欢养鸽子,就在自家旁边厕所的屋顶平台,建了一座鸽舍,养了一笼鸽子。记得以前常喜欢跟他一起爬上屋顶,看鸽子飞,而且只要他的哨子声一响起,成群的鸽子就会自动乖乖地飞回鸽笼内,好威风。

多功能的屋顶——鸽子与中药

以前阿公管得严,常不准我们外出和同伴一块玩,前门不许出,但总有后门可以溜，有时要上屋顶看鸽子，就得偷偷从后面直接爬上屋顶。老家的后面和隔壁伯公家是相通的，当时伯公家早已没有人住，要上屋顶时，我会从后面伯公家，踩着手动汲水器，爬上屋顶，再顺着屋檐，溜到隔壁的玩伴家。不过因为伯公家已久无人居，有些屋顶已塌陷，每次经过时，总得小心翼翼，生怕一不小心就跌落下来。

经过训练的鸽子特别听话，我竟也异想天开，跟玩伴要了一对小鸽子，在自家后面用鸡笼养了起来。后来鸽子渐渐长大，总要让它们练习飞翔，上屋顶的次数也愈来愈多。不过我养的鸽子，由于空间不够宽敞，也欠缺训练，总是飞飞停停，不如隔壁玩伴家的鸽子听话。而且我的鸽子总是停在别人家的屋顶上，即使吹哨子也叫不回来，不过这倒也必不担心，肚子饿的时候，它们就会自己飞回来了。

其实屋顶上不只看鸽子好玩，也有其他好玩的事，比如说，有时屋顶也可化身为晒药场。

荔枝壳、橘子皮不浪费

以前药铺用的中药材，有一定比例是自家加工的，因为台湾当时药材的加工并不普遍；再者，已加工好的药材通常比较贵。

从前药铺常会趁空闲时，或多或少做一些加工，有些平日随手可得，却不用花钱的药材更是不会放过。

加工过后的药材，几乎都要经过曝晒，每家药铺通常都会有晒药材的地方。不管是在大马路边，用竹筛子直接将药材摊开，或是像惠生伯家有一个大晒药场，或拿透天厝顶楼来充当晒药场，反正能使用的地方绝不浪费。

由于我家以前是砖瓦平房，有时屋顶会用来曝晒药材，而它不只可以晒药材，也是收集不用花钱的药材的好地方！小时候阿公总交代，吃完的荔枝，荔枝壳及荔枝核要丢到屋顶上，因为这是不用花钱就可得到的中药材。所以每当夏天荔枝盛产时，荔枝壳及荔枝核一定往屋顶上抛，待完全干燥就可以收起备用。夏天有荔枝，冬天有橘子。一般药铺内，每年陈皮的用量比荔枝多上几倍，所以冬季的橘子皮更是不可浪费，吃完橘子同样往上抛，一定要做到物尽其用，一点都浪费不得，尤其是在经济尚未起飞的年代。

但别以为吃完橘子，橘子皮往上抛就没事，总还得时时注意是否下雨。好在台湾南部冬天下雨的机会不大，要不然可就得时常爬上屋顶收药材了。

阿嬷的花圃与身障鸭

其实以前只要随时留心,在空旷的草地上都有机会可以找到一些药草,只是当时年纪小,根本不懂哪些可用哪些不可用,所以不太敢随便带回来,以免又要找挨骂。不过要是从家里的花圃里长出来,可就是货真价实的中药材了!阿嬷总喜欢在家旁边的小花圃里,种一些花花草草,除了她最爱的菊花,还有一些当时不太懂的药草。不过艾草这个药草总是知道的,每年三四月,艾草长得最好看,冬天刚过,初春长出的艾草,毛茸茸的香气最佳,客家的婆婆妈妈[1],总会说用这时节的艾草做出的草丫粿,最香最好吃,只不过我家不做草丫粿,而是把艾草通通放到屋顶上晒干,做成不用本钱的中药材。

老家旁的小花圃,是阿嬷平日"拈花惹草"的地方,不过一年当中,总会在某些季节里,充当鸭子收容所。因为离老家不远的一户人家,是做"鸭䆳丫"[2]的。在某些固定日子,每天会进出成千上万的鸭崽,出货前都会事先挑选,挑出肢体有残缺的,只送出身体健康的鸭崽,至于那些有缺陷被挑出的鸭崽,就丢到附

---

1 闽南话中指上了一定年纪的妇女。——编者
2 指专卖小鸭崽的生意。——编者

近的大垃圾集中场,准备让垃圾车送进掩埋场。但垃圾车不像现在每天来报到,通常是三五天才来一次,在这些日子里,总会一直听到从垃圾场传出的啾啾声,阿嬷会到垃圾场将这些只会啾啾叫的鸭崽捡回来,放养在小花圃里。它们大多脚变形了,无法行走,只能用爬的,虽然知道这些有残缺的鸭崽活不了几天,该给的水及饲料还是一样不缺,让它们窝在这儿赖活着,也比被载到垃圾掩埋场直接埋掉要好上一些。虽然大部分的鸭崽都活不过一两周,不过偶尔还是会有一两只不辱使命顺利长大,继续终老。

从前人家养鸡养鸭,是平常不过的事,但专门收容身障鸭,可就不多见了。一年当中,总会有固定的日子,花圃里的花、不知名的药草、艾草及残障的鸭子共荣共存,整个花圃就像身障鸭的天堂,也像鸭子收容所。阿嬷不舍鸭崽就这样遭到掩埋,这段捡鸭子、养鸭子的日子,就这样在我童年生活中不断循环,直到那户人家搬走为止。

专属于小孩的飞檐走壁

这屋顶在一年当中的固定季节,有着固定的使命,那都是例行工作。要是遇到梅雨季或连日阴雨过后,药铺屋顶的使用率就更高了。由于老药铺是旧式砖造平房,在连日阴雨后,房子墙壁特别容易吸收水汽，有些药材容易受潮，要是不赶快拿出来，重新曝晒干燥，就要报销了。该洗的、该晒的，雨季过后特别多，屋顶就显得特别重要。

我们每次偷偷上屋顶，被大人知道了，总少不了挨一顿骂。不过因晒药材爬上屋顶，就可以光明正大，大人非但不骂，还要拜托你上去。因为这充当晒药场的屋顶，正是在老家砖造平房的旁边搭建的，立上几根木柱当作支撑，上面再横跨一些竹子当作横梁，最上面再铺上铁片制成板子。平时这屋顶下，就是街坊邻居闲聊纳凉的地方，上头充当晒药场，一举两得。

不过也因为这屋顶不太能承重，平时大人只能借助楼梯，上去将药材放置在手够得到的地方，不敢整个人爬上去，要是需要清扫时，就得委托我们这些体重轻的小鬼上去了。这时上屋顶就变得理由十足，要在上头待多久就多久，有时还可以顺着屋檐跑到隔壁，幻想自己是电视上武功高强的人，享受飞檐走壁的快感。总之，大人觉得危险的事，小朋友可不觉得危险，好玩得很！

虽然这些事早已不做了，现在也没屋顶可爬，但在那个不富裕的年代却造就了一种令人怀念的、不一样的生活！

以前，陈皮可是常在屋顶上曝晒加工的免费药材呢！

咪咪乐阿伯

台湾的中药材几乎都仰赖从大陆购买，有时在药材价格飙涨，或是药材青黄不接之时，以及在那经济尚未起飞的年代，各行各业无不尽可能以勤俭为念。同样地，中药铺也会尽可能寻找不用花成本的中药材，如鳖甲、陈皮、益母草……来使用，如此一来可节省成本支出，二来又可物尽其用，何乐而不为？

> 咪咪乐是阿伯的外号，也是他的职业，同时也是黑松大饭店宴客时孩子最期待的甜点，口感介于布丁与果冻之间。还有那些勤俭自制的中药材，全都历历在目。

教会与面包

咪咪乐阿伯是老爸的儿时玩伴,从小我们这群小孩就这样叫他,他真正的名字,还真的给忘记了。记得他就住在大坑底,也就是从老家前面直走到底,到了以前老里长所经营的"红灯户",再左转约两百米的地方。对面是一户养鹿人家,小时候每次经过那里,都有一股浓浓的青草及夹带鹿粪的味道,旁边是座大家都超有记忆的教堂,小时候附近小朋友大都没信教,大部分的宗教信仰是跟随家里长辈的信仰而定,不是佛教就是道教,不过一年当中一定会有一天,小朋友会自动自发地"改信"基督教。

当时还是"美援"时代[1],大家的生活并不富裕,对于面包,品尝的机会不多,感觉特别珍贵。每到圣诞夜,唱完诗歌后,教会就会发放面包,附近的小孩,也总会在这一天成为"基督徒",当夜早早就到教会去等候。不过我一直都没机会去领面包,因为阿公管得严,若是偷偷跑去,难保回来不会吃上一顿"竹笋炒肉丝"。因为怕被修理,一直都没敢去,现在想想还真有一丝遗憾!

咪咪乐阿伯住的地名为什么叫大坑底?那是因为二战末期美军持续轰炸本岛,在一次轰炸中,一颗炸弹落在那儿,爆炸的结

---

[1] 1951—1965年。——编者

果，在当地形成一个大窟窿，久而久之附近的居民就把那地方叫作大坑底了。那次，炸弹的碎片还飞到我们家，刚好插在老爸童年回忆最多的那棵龙眼树上。据老爸说，自从那棵龙眼树被炸弹的碎片波及后，龙眼的产量逐年递减，最终还是逃不过枯萎的命运，使得他们再也没有龙眼可摘了，我老爸和他的兄妹们，便成为那次轰炸的另类受害者！

不过那棵枯萎的龙眼树，并没有被家人砍掉，反而一直矗立在老家窗户前，见证着老药铺的变迁。一直到八十年代，随着都市计划，老药铺前的马路要拓宽，龙眼树才跟着一起被拔除。

咪咪乐阿伯是那个年代少见的甜点师

咪咪乐阿伯的职业，在当时算是比较少人从事的行业，专做甜点，而且是供应喜宴所需的甜点。它有点像是现在的超大版布丁，当时大家都叫它咪咪乐，外观很像现在的蛋糕模型，外面是波浪状，中间有一圆洞，口感介于布丁与果冻之间。以前喜宴几乎都是在黑松大饭店宴请宾客，物资较不丰裕，平日要吃上一顿大餐是一件非常不容易的事，所以参加喜宴就是一件大事了，不只盛装出席，还要携家带眷。喜宴末了的那一道甜点咪咪乐，是小鬼们的最爱，由于咪咪乐阿伯专做这种甜点，所以虽然不知道他的名字，他的外号却比真实名字响亮多了。

以前的农业社会，宴请宾客时，大多会在中午举办宴席，这点和现在请客的情况大不相同。不为别的，因为当时大家在饱餐一顿后，还得回家换衣服，继续下午的工作，也由于下午还需工作，所以在喜宴上，除了应有的菜色，通常还会有白米饭或炒米粉这类能填饱肚子的主食菜肴，这是现在都市社会所无法想象的。就算已步入服务业为主的社会形态，在台湾的乡村地区，还是有为数不少的喜宴在中午举办，并会提供白米饭及炒米粉作为吃到饱的主食！

当时咪咪乐阿伯总是骑着他那台武车[1]，叼着香烟，嚼着槟榔，四处送他做的咪咪乐。而当时喜宴菜色虽不如现在丰富，至少有鱼有肉，十道料理倒也相当齐全，在当时的物质生活条件下，算是相当丰盛了。而当时喜宴料理中，药炖甲鱼似乎是一道常见且不可缺少的菜色，甲鱼吃完了，甲鱼壳可是不能浪费的药材啊！咪咪乐阿伯总是会趁着喜宴结束，要回收甜点的铁盘子之际，顺道帮老爸收集甲鱼壳，让老爸加工做成药用的酥炙鳖甲。

每次看到咪咪乐阿伯到家里来，就知道他又帮老爸收集鳖甲了。送来的鳖甲，除了要将剩余的肉屑清理干净，还需反复清洗

1　应指重型摩托车。——编者

上背部的裙带胶质，再完全晒干后，醋炙或酥炙便可使用。有时喜宴的场次多，送来的量也多，经过加工后的药材还可以转卖给同业，增加收入。

随着台湾经济起飞，生活各方面都渐渐改善了，喜宴的菜色变化也愈来愈多元丰富，这道药膳甲鱼也渐渐地被遗忘了。咪咪乐阿伯的手工甜点咪咪乐出现在喜宴的次数，也愈来愈少了，一直到这个饮食文化被淘汰为止。

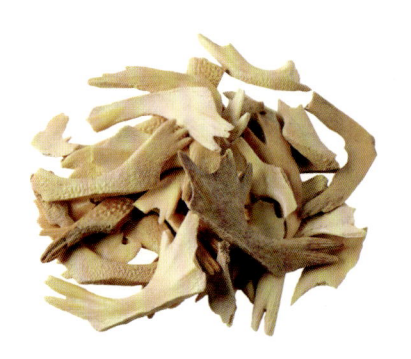

酥炙鳖甲　　　　　　　咪咪乐甜点模型

哪里来的药材?

大陆,还是台湾本地产?
日晒、烘焙,还是熏硫黄?
材料的取得与保存,见证了历史,也看见了时代的进步与发展。

中药材,有个"中"字,顾名思义是中国所产,但也并非所有的中药材都是中国产,有些中国所用的药材,也需要从其他国家进口。就目前而言,台湾中药材大概百分之九十是大陆所产,其他就是来自东南亚,以及台湾地区本地产的。

那在日据时代,或是更早之前的明朝、清朝的先祖们所用的中药材呢?当然也是从唐山渡过险恶的黑水沟送到台湾的。

那在两岸对峙时期,台湾所使

用的中药材又是怎么来的？

需要却又无法明说的暧昧期

都说是两岸对峙，大陆的东西必然不能进来，既然不能进来，为什么当时大街小巷林立的中药铺还是可以轻易见到大陆所产的药材呢？

药铺在台湾有的称为汉药铺、中药房、参药房……不一而足，并没有统一的称呼，看得懂就可以，名称并不是顶重要的，但名号就一定要叫得响亮，所以会有华佗、扁鹊、东汉、西汉等店名出现。

因为历史背景因素，中国曾有过两次大规模移民南洋的记录，为数不少的人远渡重洋到陌生的地方落地生根，也顺道将传统的药材带到当地。因此，东南亚一带也成为中式香料的重要产区。但在台湾，大部分中药方上的药材，还是需要仰赖从大陆购买。在台湾这块土地上，数百年来，因政局更替，上头老板的喜好或情绪，攸关着土地上药材的发展。

四百年前，先人们从唐山渡过险恶的黑水沟，来到台湾开垦，过了好一段披荆斩棘的岁月，也将中原"道地"或"地道"的药材，原原本本地带到这地方来，为这岛上居民的健康，尽着应尽的本分。虽然朝代、当家不同，在政策上有些许改变，但药材大体上还是维持着一定的水准。

日据时代之前，也就是清朝时期（康熙禁海那段时间除外），两岸的通航并无困难，最大的困难还是自然的天候因素及险恶的黑水沟。日据时代，贸易尚且顺利，当然是以迪化街为大宗，因为邻近淡水河有着地利之便，也有其他一些商家，但都以通航港口，如打狗港及安平港等附近的商家为主，在当时能掌握这些大宗物资的商家，几乎都是富甲一方之人。

上述这些时期进到台湾的药材并无特别之处，比较特别的时期，便是两岸对峙时期了。

这是一个既尴尬又暧昧，想要却不能明讲的时期。明明很需要大陆所产的中药材，却碍于双方的"爱恨情仇"，不能名正言顺、光明正大地购买。在那时，要从东南亚一带或是其他国家进口香料或药材，基本上是没问题的，但若是要从大陆直接购买就是妄想，所以只能通过第三地贸易商转购。

香港地区、东南亚甚至日本的贸易商，都是可以合作的对象，只要能配合转购，管他路途有多远，需要转搭几班船，总之把药材办进来就对了。不过通常考量到路途距离，香港地区的贸易商仍是第一选择。

通过第三地的贸易，再加上当时的交通不算便利，往往从产地采收、盘商收购到药材交易中心，经由贸易商的采购到本地的大盘商及中盘商，直到最后这些药材进到药铺里，耗费两三年是常有的事，有时遇到有心人士囤货或遇到较少使用的药材，遇到滞销时，等个三五年也不奇怪。

现在各类药材基本上要直接从大陆购买已不再困难，再者，目前各贸易商在包装药材时，都要标示保存期限，相关检疫验证也较以前完备，药材的保存及保鲜相对都不是问题，但在以前各项检疫、保存及保鲜条件都不像现在这般成熟的情况下，药材的保存可就显得特别重要了。当时最普遍的保存方式是日晒或烘焙，尽量将药材利用阳光来干燥，是最常见也最天然的方式；再来就是烘焙或泡制保存，但若遇到长时间的降雨或储存条件不佳，就会导致药材因受潮而发霉甚至产生蛀虫，变质而不能使用。

当时预防蛀虫的普遍方式，除上述所提外，最常用的就属熏硫黄了。在各药铺或是盘商中，以熏硫黄延长药材保存期限，算是极为普遍的现象。虽然就现在观点，这有碍健康，也违法，但以前并未强制禁用，且硫黄本属中药材之一，透过烟熏硫黄的难闻气味，达到杀死蛀虫及虫卵的目的，在当时算是"以药制药"，并无不妥，小时候药铺里的部分药材，也以这种方式来延长保存期。

你家也有大水缸吗？

熏药材前，总要先将大水缸准备好。这大水缸就像是司马光打破的那个一样，大约有一个小朋友的高度，里面没装水，所以小朋友不会掉进去，因此也就不用劳驾司马光来打破了。

将要烟熏的药材，整齐堆放在水缸里，中心腾出空间放一个小碗，碗里放硫黄，药材堆放时也要留适当的空隙，以便稍后点燃硫黄，烟能充满水缸空间，以达到防蛀效果，这是老祖宗的智慧，不过这个智慧结晶，以现代的眼光来看似乎不合时宜。

在两岸对峙的尴尬期，因大部分药材无法从大陆直接购买，相对于其他时期而言，这段时间在台湾栽种生产的药材种类便多了些。

这是自然的现象，当贸易不太顺利，且当时台湾的人工也不算贵时，为补足贸易不便，本地产药材曾经在某些种类中占有一席之地。比如六七十年代，要是遇到盘商的业务或老板上药铺招揽生意，药铺在选购药材时，对于某些药材会特地询问是大陆产还是台湾本地产，可见当时台湾在部分药材种植上还是有特定的市场的。只是经济起飞后，工资愈来愈贵，台湾自行栽种的药材竞争力快速消退，再加上两岸气氛的和缓，购买大陆药材愈来愈方便，台湾栽种的药材种类及数量急速变少，到九十年代，药铺内虽然还是可见部分本地产药材，却已寥寥可数。

不过有道是山水有相逢，风水轮流转，这几年又开始流行台湾本地产。基于对本地商品的信任及近年来台湾积极推展精致农业，部分有竞争性且适合本地气候及土壤的药材，纷纷出现在台湾各角落，如红枣、杭菊、当归、胡椒……品质不输大陆药材，甚至更好。

以前强调药材要道地，强调产地是招揽客人的不二法门，品质好坏并非人人都能察觉出来，但在现今安全及品质第一的情形下，药材道地固然好，品质至上也能有自己的一片天！

虽然目前药铺内的药材，尚不至于都是本地产，且基于气候及土壤的客观条件，也无法全都是本地产，但谁知道哪天，药铺中会不会出现更多不同种类的台湾本地产药材。

药材不一定非得台湾本地产，只要经过检验合格，找信任的盘商购买，品质都会有保证

四两黑枣

四两黑枣有多重？

我说，它和一天的柴米油盐酱醋茶一样重。

现代人爱吃，也追求养生，三不五时就会做食补料理，婆婆妈妈们总会在家中的冰箱，放些如红枣、黑枣、枸杞、黄芪之类的常用中药材，如果中药房不放个十斤八斤，以备不时之需，还会被客人笑：这种常用的药材，也会缺货？真正笑死人喔！

黑枣，这个现在极为平常、平价的中药材，甚至可以当作水果来看待，很难想象也曾经创造出天价，也就是因为创造过天价，才能在物资匮乏的年代,激发出同行间不一样的情谊!

来借四两黑枣

  五六十年代的台湾,少有大型医院,有的也只是小型诊所,一般人生病抓药,大多还是会选择熟识的中药铺。中药铺为乡亲把脉抓药,照顾左邻右舍的健康,似乎是一种习惯,也是理所当然的事。而中药铺本该准备充足的药材,来供应日常所需,可是在某些时间点上,不是说准备就能准备的。

  在那个年代,台湾与大陆并不能直接进行往来贸易,所需的中药材,大多是委托香港地区或东南亚的贸易商转购,所以有时会在时间上稍有延误,或是在有心人的刻意停止出货下,价格飞涨,因此中药材缺货的危机,就像是家常便饭。

  从前,食补并不像现在一般平常,当时物质生活也没现在富裕,所谓的进补大多只会出现在冬至或立冬等特殊的日子,或是病人需要调养,人们大概只有在生病抓药时才会到中药铺来买中药,所以中药铺的存货一般不会太多,够用就好。

  还在念小学低年级时,一天家中来了位客人拿了药单来抓药,至于药单写些什么,老实说,当时年纪太小看不懂,只知道我阿公叫我到巷口的另一家中药房去借"黑枣四两"。喔——那家我知道，从老家旁一条仅能容人通行的小巷子走去，会先经过舅公家，再来经过大伯父家，出了巷口，向右转第四间中药房就是了！

咦！不对啊，那一天我老爸跑哪去了？他这时不是应该在家中顾店吗？怎么会是我阿公和我在家中唱双簧呢？一定是跑出去摸鱼了！对！这个黑狗兄一定是跑出去漂撇了，要不然我的记忆中这天为什么没有我老爸的身影。

当时我就憨憨地走到巷口的中药房，老板是一位和阿公年纪相当的老阿公，我跟老板说"我阿公叫我来借'四两黑枣'"，便带了四两黑枣回家。四两是多重？值多少钱？说真的我不知道！

同行间的互通有无，减少损失

原来当时的黑枣价格，中盘商开价一斤狂飙至四百元，零售价当然更高。三十几年前的四百元有多少？当时一斤人参须，一两百元而已，我们一家九张嘴吃饭外加柴米油盐酱醋茶，老妈说一天买菜钱上限是一百五十元，而我当时一天的零用钱是一元，这是心情好的时候，要是老妈心情不好，还没得拿呢！

当时外来的中药材，货源有时会因贸易延误供货不足，或是商家刻意哄抬药材价格，使价格突然飙高数倍。在青黄不接的时期，一些彼此熟悉的老同行，自然发展出一套因应之道、权宜之计，避免在某种药材价格飙高之际，或是商家突然将大量药材倾倒而出，使价格突然崩跌时，大家得平白蒙受不必要的损失，所以就有这种"借黑枣"的情况发生。

在物资匮乏的年代，老人家认为多赚一块是一块，在一块块的堆叠下，养活拉拔了一大串肉粽似的小萝卜头。

从四两黑枣可以看见同行间的情谊，看见彼此的互通有无，虽非富裕的年代，却少了同行相忌，多的是浓浓的人情味。但现在呢？

小时候的四两黑枣是一百五十克[1]，现在的四两黑枣还是一百五十克，不变的是重量，但记忆中的老药铺却和现在大大不同了。

---

1 一两等于37.5克，此为台湾地区中药行业的换算标准。——编者

惠生伯的"畚箕厝"

长辈们都说，因为有「畚箕厝」的好风水，才带给惠生伯财富，但我想惠生伯之所以会成功，是因为他做生意的态度，还有待人处世的种种。

女人最受不了男人的事，大概就是一群男人聚一起，不是谈论车子就是谈论当兵的过往。尤其当兵种种，一说再说，说过千百遍，一旁的老婆早就倒背如流，男人好像还是不厌倦，也好像还没退役一般。就像电视上那个"阿荣"[1]，当兵当了二三十年，到现在还没退伍，还在服用家里长辈寄来的"运功散"，重

---

[1] 台湾1980年代铁牛运功散广告人物。内容大致是，当兵的阿荣打电话回家告诉家人，吃了他们寄来的铁牛运功散后中气十足。——编者

复地放送。

中盘商也兼做药材加工

在乡里中，以前老爸和同行聚在一起，也老爱谈论惠生伯的房子，他们习惯称惠生伯房子的屋形是"畚箕厝"，是会招财也会聚财的屋形，是做生意最佳的阳宅，谈论次数不亚于聚在一起谈当兵的次数。

惠生伯的房子，是一间加长版的透天厝，外观和一般店铺无异，只是正面比一般透天厝宽，纵深也比较深。惠生伯当时是凤山地区最大的中药盘商，店铺坐落在三民路上，这一条路以前是有名的家具街，因为要陈设家具，店铺都有个特色，店面不是比较宽就是比较深，以方便摆设。不过惠生伯的房子虽然位于三民路上，屋形却和左邻右舍不同，前窄后宽，比当地的家具店还要来得更长更深，房子深度有七八十米。

长辈们常说这是典型的"畚箕厝"，屋形呈畚箕状，老一辈人说，就像扫地一般，把钱财扫进畚箕型的房子，且又是很深的房子，财有进无出。小时候我每次进到惠生伯的屋子，就好像刘姥姥进大观园般，各式各样的中药材堆叠排列，其中很多都是没见过的或昂贵的中药材。

走进店内，最前面摆放着珍贵的药材，参茸燕桂，珍珠红花，应有尽有。除大盘商外，这种店铺也兼作门市，因为有些人总认为到批发商去买药材比较便宜，但其实不会，批发商为了不跟药铺抢生意，还是会以零售价卖出，毕竟批发商做零售的生意有限，不想为了一点蝇头利润，搞坏与下游伙伴的良好关系。

再往里走，就是一间大厨房及餐厅，当时工人多，吃饭的人也多，餐桌一定要大。过了厨房，就是药材加工的地方了。这地方所加工的是一些价格比较高昂的药材，旁边我记得是一座天井，有座大水池，里面养着各式锦鲤。再往里走，就是药材存放，还有包装出货的地方，那时药材都是以纸袋包装，当时就已经知道要做环保了，够厉害吧！虽然有塑料袋，不过中药材普遍都还是用纸袋包装，每包装一种药材，以毛笔写上名称及重量，每次我看着员工拿着毛笔，在不平整的包装纸袋上书写药材名称，还写得漂亮极了，总觉得很厉害，因为当时我连用铅笔写的字，都还像蝌蚪或蚯蚓般，歪七扭八，更别说是毛笔字了。

存放药材的地方旁边就是员工宿舍，当时很多家长，一方面为了要让小孩早点学一技之长，另一方面大概也没钱让家里小孩继续升学，早早就送小孩去当学徒。惠生伯家中就有不少学徒，学徒多半吃住都在这儿，不过也有一些老员工住在宿舍里。过了宿舍，下了阶梯，就是清洗再加工药材的地方，这里也充当晒药场，同时也是后门，宽度大约是前门的两倍。后比前宽，也难怪长辈们要说惠生伯的房子是"畚箕厝"。

惠生伯的家就是我的秘密通道

出了后门的小溪旁又是另一个晒药场，绕过旁边小桥，是一洼茭白笋田，茭白笋田旁边是我们下课或假日，玩游戏打发时间的重要基地。丝瓜园下密密麻麻的小洞，里面躲藏着无数的蟋蟀，也是我们重要的宝地，假日大伙提着水桶，来这里灌蟋蟀，就可以让我们轻松度过一整个下午时光。丝瓜园再过去，是可怕的"监狱"，只要一踏进去，总要一整天，幸运一点也要耗半天才能逃出来，这地方就是——学校。

以前多数外来的中药材，购入台湾时都是原药材，不像现在大部分都加工后再购入，因当时台湾的人工便宜，绝大多数药材都会选择在台湾加工，除一般药铺会做少量的加工外，大部分都还是中大型盘商，还有一些专门做药材加工的业者在做后段加工。惠生伯也做药材加工，对于员工的需求量大，他家的员工人数，比起一般中盘商多出好几倍。

上小学时，若是直接穿过惠生伯家到学校去，可以减少一半的路程，所以有时候偷懒不想走太多路，或上学快要迟到的时候，我总是会直接穿越惠生伯家。虽然当时年纪小，却也总知道只要嘴巴甜一点，阿伯、伯母叫得勤快一点，自然可以畅行无阻，有时还会得到一些意想不到的零食！

惠生伯家的员工多，穿过他家上下学的时候，时常会遇到几个爱捉弄小朋友的老员工。由于大家跟我老爸熟识，遇到我时总会故意问我说："'顺福'是你'后生'[1]喔！"而我也总会气急败坏地回答："不是啦！我是'顺福'的'后生'啦！"当时总觉得很讨厌，为什么这些人老爱欺负小孩子。

虽然家里长辈一而再再而三地告诫，不要穿越惠生伯家到学校去，因为那是做生意的地方，不是马路，时常穿越会给人造成困扰。不过这点请放心，小朋友三两天后一定会忘记大人的告诫，继续走着秘道上学，反正惠生伯又不会到家里告状，我当时心里总是这么笃定地想着，直到小学毕业为止。

由于家里离惠生伯的店铺很近，临时有缺的药材，老爸就会差遣我们，到惠生伯的店去拿药材回来。只要沿门前的巷子直走，到了老里长所开的"红灯户"，再穿越那条仅能容纳一人通行的小巷子就到了，所以惠生伯的店是我们家的最佳补给站。

我老爸也喜欢来这里挑选药材，由于老爸对药材有着"龟毛"[2]

1　后生，这里的意思是"儿子"。——编者
2　闽南话中"过分讲究、注重细节"之意。——编者

个性，又有一点闷骚性格，总喜欢给客人看一些平常少见的高档货，使用一些品质较好的药材。惠生伯的药材相对齐全，种类也多，一次就能满足老爸的需求，更重要的是，两家交情够久，所以老爸总爱往那里钻，挑好货，有时家里来了客人，还要靠我们这些小鬼头，到惠生伯那里去把老爸给请回来。

一诺千金，宝贵的做事态度

惠生伯一直都是凤山地区最大的中药盘商，但也经历两次危机。由于惠生伯一诺千金，对于生意上的伙伴，要是有周转需求，总是不吝伸出援手，因此反而让自己身陷风暴，有两次都被老牌的香料厂倒债，金额据长辈说，都是千万起跳。在七八十年代，这可不是一笔小数目，差一点就无法翻身。不过俗话说得好，"树头顾乎在，免惊树尾作风台"，由于根基打得稳，凭借着不逃避及本身的业务能力，还有诚实做生意的态度，自然很快就能再站起来。

虽然我早已不用走秘道上学，也没机会去惠生伯那里请我老爸回家了，现在惠生伯也不再做药材加工，只单纯做批发生意，员工数也没以前多，但他的那间"畚箕厝"，永远是我心中最大的一家中盘商。

老药铺搬新家

凤山县城有新旧之分，药铺以前坐落于凤山新县城内，离东门及东便门不远，算是靠近城东的位置。虽说是新县城，但也有二百多年历史。既然有新县城，当然也有旧县城，旧县城就是现在的左营地区，目前尚保有一面旧城墙，以供凭吊。清朝时因发生林爽文事件，旧城屡遭攻击，所以朝廷在嘉庆年间，又在目前凤山地区布建新城，从此凤山县就有两个行政中心。凤山新城依凤山溪而建，东面临溪边，其余

这一切过程，惠生伯都看在眼底，开新药铺不易，他让老爸以赊借的方式，所有欠缺不足的药材，他都一概先补齐，让药铺顺利搬迁、开业。

三面挖护城壕沟，将整个凤山县城包围起来，并在各城门间设置数个炮台，以防盗贼入侵。不过这些安全防护，目前都用不到了，原本六个城门也只剩下一个。

药铺一直都在县城内，在关帝爷庙附近，受到关老爷庇佑。但由于都市计划，药铺前的巷子要拓宽成大马路，药铺被划入马路范围，必须拆迁。不过当时附近邻居都盛传，在设计都市计划时，马路那边的有钱人运用关系，将原本应该划到对面的马路用地变成药铺这边，所以拆迁之时，引起不少争议，上演抬人、驱离的戏码。不过该拆的还是得拆，老药铺所抢救留下的也就是那块挂在三十四巷三号下的名牌而已。

分家后，属于自己的药铺

药铺在这开业已五十年，早已习惯一切，真要拆除时，心中难免不舍。这一拆，也连带将屋旁那棵二战时被美军轰炸、扫到台风尾的老龙眼树一并给撂倒了。这棵在我老爸及其他兄弟姊妹的童年记忆中印象很深的一棵树，也就跟着药铺的拆除，一起走入历史。

在药铺被纳入道路用地时，我老爸早有将药铺搬迁的构想，但一直都未找到合适地点。随着时间流逝，家中小鬼也渐渐长大，原本就不算太大的老平房，显得特别拥挤了，刚好这时南部房地产正在流行"盖贩厝"，当时就勉强东凑西凑，好不容易才凑足头期款，订了一间离老家不远的一、二楼店铺，预计将来作为搬迁后的新店铺之用。

这个新地点就在离老家不远处，在新县城南城门外，不过城门早已不见踪迹，只剩下一座清嘉庆六年所建的纪念碑。新店铺门口刚刚好是城门的遗址，若是时光倒回清朝时，每天出门去，进城后天黑前还得赶快回家，以免太阳下山，城门关了回不了家，就要在城内的客栈住宿了。

虽然新地点已找到，老爸却一直迟迟无法下定决心将老药铺搬迁至新址。尔后经过了数年，由于阿公的去世，家族内渐渐有成员对于药铺存留开始有些不同的意见。虽然家中成员只有我老爸承袭家业，当时也接掌药铺生意，阿公阿嬷一直与我们同住，生活起居也由我们照料，但名义上老爸还是受雇于阿公，这祖屋及药铺的一切，都是属于家族所有。即便将来道路拓宽时，拆除后的老药铺，里头那用了五十年的药柜，已几乎没有价值可言，但由于关系错综复杂，理也理不清，正所谓"家家有本难念的经"。所以阿公去世后，老爸便有将药铺迁到新址的想法，想要将老家原有的一切，完完全全地归给家族，算是一种正式的分家。

一定得订制？药柜这个大难题

先前与阿公同住的那些年，经济大权始终为阿公所有，老爸只是象征性地支领五千元的月薪，除家中一般开销由店铺支出，我们五个小孩的就学费用及其他养育支出，完全得靠老爸的副业来支应。他曾经和朋友合伙开过装潢"企业社"（当时不流行称为"公司"），也曾在清早的批发市场做过蛋业批发，总之不管副业是什么，唯一的前提就是不能耽误药铺的生意。而那段蛋业批发的工作经历，家中小孩印象特别深刻，那几年岁月，几乎伴随着我们这些小孩的成长，大家都曾参与过，也忙过，尤其逢年过节，几乎每个人都得当超人用。

不管如何，药铺还是决定先行搬迁，免得将来道路拓宽时措手不及。不过虽然决定搬迁，难免还是要为钱烦恼。其实药铺要搬迁是一件大事，先前在旧药铺里的药柜，早已显得老态龙钟，实在不适合在新药铺里使用；再者，那属于家族的物品，也不宜挪用，只能另寻他法解决药柜之事。然而更加伤脑筋的是，五个小孩都已就学，相关花费及南城门外的新店铺都还在付贷款阶段，老爸的副业收入，原本只是刚刚好而已，若要另外筹办新药铺费用，会是一大难题。况且若要将药铺所需所有药材办齐及定做一只新药柜，恐怕没有一两百万是办不起来的。

抱着船到桥头自然直的想法，关关难过关关过，还是先从最难搞定的药柜开始下手。药铺的药柜通常都是订制的，不像一般家具有现成的可以挑选，因为每家药铺，场地大小不同，各自的需求也不同，也就是说平常我们在药铺所见到的药柜，完完全全都是订制品，几乎没有例外。当然，在没有例外的情形下，还是要抱有一丝希望，因为现成的一定比订制的要节省一半以上的费用。于是就委托熟识的上游盘商，利用"出张"之时，顺道打听一下附近县市内，是否有现成的药柜要出售，或是有同业刚好要转让的。

经过数个月的打听，一直都无下文，原本要打消寻找现成药柜的念头，找木工订制一只新药柜了。忽然之间，老爸有个念头想到屏东市去碰碰运气，或许会有机会。于是，隔日一早，他就骑着机车[1]，一个人往屏东市去找"奇迹"，只是一个人骑着机车在屏东绕了大半天也没见到"奇迹"。回到家后，这个念头依然存在，总觉得有那么一个声音，要他到屏东去找。又过了一天，他再度骑着机车到屏东，机车刚进入屏东市不久，记得只转过了几个弯而已，就在一处民宅骑楼下，看到一座新药柜。看那民宅却又不像是要开药铺的样子，也不像是做木工的场所。下车一看，

1　闽南话中，机车指摩托车。——编者

是一座桧木打造的新药柜，有着不错的雕工，依照当时的造价，好几十万跑不掉。问了民宅主人，原来是一位亲戚寄放的，原本这位亲戚是要开中药铺的，因故没开成，当初也花了数十万请木工打造药柜，想说先借放在此，看看是否有机会脱手，多少也能回收一些成本。

药柜不像其他家具，摆放在家具行就卖得出去，开药铺也不像开其他店铺，一年中难得有家新药铺开张，所以这药柜本就不好脱手，搞不好摆上三五年，都不见得能转让出去。这下刚好，鱼帮水，水帮鱼，皆大欢喜。

眼见这个"奇迹"出现，马上和对方一番杀价，谈定自己心目中满意的价格，就将身上所有现金，全部掏出充当订金，生怕一个不小心，就让这个机会给溜了。其实这药柜已借放在此数个月，其间都没半个人询问，大概是冥冥中注定好的！原先托多人打探，一直都没消息，这下倒好，心中一个念头，真的就遇上了"奇迹"。回家后，马上联络了一辆货车，隔日一早便到屏东，付清尾款，将新药柜给搬了回来。

好事成双，惠生伯来帮忙

人一旦走运，好事必会成双。把这难搞的药柜的事搞定后，原本就不宽裕的手头就显得更拮据了,要办好完备的药材,恐怕还要等下去。原以为这搬迁之事,还要拖上好长一段时间,要等到手头松一些才能继续完成。

这一切过程,惠生伯都看在眼底。他大我老爸十多岁,当时和我家已有两代交情,对于我家大小事,自然有某种程度的了解,对老爸手头紧的问题,也同样清楚。我小时候上学,常穿越他家长长的"畚箕厝"到学校,那些年惠生伯一直把老爸当作小老弟一样对待、提携。

有一天惠生伯来了一通电话,把老爸找去。两家很近,走路不过两分钟的步程,这通电话验证了好事成双。由于惠生伯的鼎力相助,让老爸以赊借的方式,先将药铺开张,所有欠缺不足的药材,惠生伯一概先补齐,药铺得以顺利搬迁,要不这事,还有得拖了。

老爸常说惠生伯是他一辈子的贵人!

虽然药铺顺利搬迁,也正式营业了,不过这后续的经过,并不如当初设想的那般顺利。熟识的朋友或老客户,还是往老家跑,并不知道药铺已经搬迁,客人一次两次去老家没看到开门,就不再来了。起先那几年,特别辛苦,总是得留着一个人在老家,开着门守着铺子,将上门的老客人亲自引导至新店铺来,有时是我妈,若放假就由我们这群小鬼代劳,颇有当年阿公到巷口等客人上门的味道在，经过两三年的努力，才让生意渐渐步上轨道。

药铺上了轨道后，也渐渐将当时惠生伯资助药材的费用给还清。不过"债"是还清了，可这"人情"是一辈子都还不完的。当年开机车行的"顺福"他爸(请参见第91页)，将我爸当作贵人看待，而"惠生伯"却是我爸一生的贵人。

人的际遇真奇妙，往前走，别人把你当贵人，转个弯，有人却会成为你的贵人。

老爸的副业

> 我这辈子最怕的食材，就是鹌鹑蛋，不是因为胆固醇，而是小时候的"纠缠"。只要有鹌鹑蛋，我肯定不会跟你抢，连动筷子的意愿都没有。

时间回到六十年代，我那位小时候大难不死的老爸，长大成人了。

台风天的婚礼

人长大，总要结婚生子，虽然老爸手脚依然留有小时候那场大病所造成的"痕迹"，不过还是通过媒妁之言，顺利娶得美娇娘。顺利指的是提亲过程顺利，但结婚当天可一点都不顺利了。老爸结婚宴客是大家一辈子都无法忘记的，那天刚好遇上台风,风雨交加。老爸说,他当天是穿着雨鞋结婚的,并不像其他人一般穿着亮亮的皮鞋。当然他原本也有准备皮鞋,当天却用不到,因为下大雨、刮大风,外加淹水,通通给他遇上了,真是噩梦一场。新郎就这样穿着雨鞋,在积着水的黑松大饭店里,跟每一桌宾客敬酒,那成为这对新人最难忘的回忆,也是我老爸日后常挂在嘴边的一段奇遇,他说这点咪咪乐阿伯可以做证,当天的甜点吃的就是咪咪乐。

婚后,儿子、女儿、儿子、女儿、儿子,一个个接连冒出来,生活经济压力也跟着大了起来。自我有记忆以来,药铺的工作几乎都已落到老爸肩上,但他始终只领一份薪水,其他收入还是归阿公掌管。由于药铺的经济大权还在阿公手上,在一份薪水养不起一家七口的情形下,打理药铺大小事之余,为了拉拔一串肉粽般的小孩,他也开始试着为自己多开辟生财之道。

记忆中,老爸好像和朋友一起开过装潢社(以前称为装潢社,现在则称作装潢公司)。我记得当时装潢社广告很特别,现在的人收到广告传单大概都会随手丢,环保一点的会回收,贤惠一些的,会将广告纸折成餐桌上放菜渣的小空盒,废物利用,一点都不浪费。

有公车时刻表的宣传单

　　七十年代，家庭有私人轿车的并不多，外出要长途旅行或工作，大体上还是以公车或火车为主。当时大众交通工具，并没有像现在这么多样化，各车种的班次也较固定，不常有更改班次的情形发生。那时为了不让传单被随手丢弃，也为了让发出去的传单发挥最大效用，老爸就在大大的传单上，印上凤山火车站及公路局的各车次时刻表。

　　这招在当时还蛮管用的，丢弃的情形并不多，家中或是营业场所有了这一张，就不必为了确认车次，专程跑去车站看时刻表。有好些年，时常会见到有时刻表的传单被贴在家中墙壁上，或营业场所显眼的地方，直到经济起飞的年代，私人轿车纷纷出现后，这种广告传单才慢慢消失。现在要见到这类广告传单，大概要到古董店去碰碰运气了，而当年老爸的那家装潢社，过了几年也自动消失了。

　　要说将我们这群小萝卜头养大的，我想不是装潢社，也不是陪伴我长大的老药铺，因为药铺的薪水还不够养家糊口，真正养大我的，是我老爸的另一项副业，它也影响了我往后长达近二十年的生活。

堆积如山的鹌鹑蛋

小时候每到逢年过节前夕，左邻右舍的同伴，不少都会到我家打工，赚取零用钱。那时的气氛是热闹的，过新年、穿新衣、戴新帽，家家户户忙打扫。以上是小学课本里写的，泛指一般正常的家庭，却并不适用于我家。年节前一两周的时间，总是我家最忙碌的时候，别说是打扫，有时连睡觉的时间都没有，哪来的时间除旧布新？紧绷的日子要持续到除夕才有可能过去。

那些年我老爸为了开源，在打理药铺之余，也兼做蛋品批发生意。当时并没有自动剥蛋壳的机器，完全仰赖人工，平时一天就有几千颗的鹌鹑蛋要剥壳，到了年节，常常一天的出货量就是数万颗，过年前有时甚至一天会高达十几万颗蛋，而剥蛋壳是一件枯燥且累人的事。

平时自家人可以搞定，年节前就要靠街坊的小朋友来打工帮忙，人数多的时候，大概会有十几个小朋友来赚零用钱。这是一个特有时间的特有景象，说真的，一般的小朋友都巴不得天天过年，只有我家小朋友，希望过年永远都不要来！一点都不好玩，有哪个小朋友会喜欢每天见到堆积如山的鹌鹑蛋，而没有玩耍的时间呢？

谁谁谁，是谁说要的，我请他吃鹌鹑蛋，保证让他吃到吐，吃到这辈子见到鹌鹑蛋，都早早地闪到一边去。

平日，剥鹌鹑蛋壳是每天例行的工作，即使要上学，也一样逃不掉。每天下课后，总是在心中默默祷告，希望回到家时工作已经做完，这样就可以出去玩了，要不然只能继续未完成的工作。放学后一路从学校步行回家，总习惯在巷口偷偷地瞄一下，如同等待开奖一般，如果看见药铺骑楼下没人，就表示工作已完成，回家的心情肯定不一样，但如果见到骑楼下还有堆积如山的鹌鹑蛋，心情肯定不美丽。

如果遇上假日，总是会搔破头皮，想尽办法闪掉，虽然成功的概率不高，不过总是有办法的，因为我有一个"小小救星"，如同拥有一块免死金牌。

最小的弟弟——我的免死金牌

最小的弟弟小我五岁，记得他小时候，全家老小都有事在忙，即便他当时已经会走路了，因为没人陪他玩，大部分的时间，他只能窝在娃娃车里。每当中午过后，也就是我们要开始工作时，刚好是他的午睡时间，我只要将他弄醒，让他哭出声音来，就有借口哄他，推着娃娃车带他到外面闲逛。

哥哥"照顾"弟弟是人之常情，天经地义的事。很自然地，只要时间一到，我就会使出浑身解数，想尽各种方式将他温柔地弄醒，不只是要叫醒他，还希望他能哭出声，小朋友只要没睡饱，自然会大哭，我的免死金牌就生效了。

推着藤制的娃娃车，到处云游，一出门总有地方去，附近的玩伴多，不愁没地方，总之不到时间是不会回来的。这道免死金牌让我足足用了两三年，直到弟弟年纪稍大，不再需要有人照顾为止。虽然这招并不是每次都灵验，不过在我的童年时光里，也占了一段重要岁月，所以我敢说，弟弟是我"照顾"长大的，我想这点他应该也不敢不同意才对！

刻苦耐劳，一年仅有的一天休息日

记忆中，我家老妈一年就只有一天不用早起工作。忙完除夕上午的生意后，紧接着又是下午的大拜拜[1]，再来就是年夜饭了。而大年初一这天是她唯一"可能"有机会休息的日子。

忙了一整年，为的就是这天的休息，也只有这天，全家才有机会一起出游。小时候全家的出游照片，每个人都是穿着冬衣拍照，甚少有机会看到穿着短袖的相片，生在一个做生意的家庭里，

---

1 指拜神、祭拜等活动。——编者

这是不能选择的。

在那个没有机器代劳的年代，最怕听到追货的电话，尤其是在大年初一，我妈唯一有机会休息的那一天，要是遇到市场"火烧市"，这一年可以休息的一天就要泡汤了。由于大年初二是回娘家的时候，也是娘家办桌请女婿的日子，当时还不流行外食，十之八九都是在家料理宴客，有些年前未采买或是漏买的，总会在初二这天继续上市场采买。遇到"火烧市"，也就是除夕生意好到不够卖的时候，为了应付初二的"旺日"，市场的摊商便会来电要求追加，以便应付初二到来的采买人潮。

以前的人刻苦耐劳，接到这种电话，宁可放弃出游机会，也不愿漏掉顾客的需求。说穿了，也是为了改善家庭生活，不得已的选择。有几年就为了一通电话，别人家的小孩，大年初一穿新衣，打扮得漂漂亮亮，四处炫耀新玩具，我们家的小孩，还在为客人的需求，跟一颗一颗的蛋"战斗"。

大人的心思总是和小孩不一样，大人巴不得每天都是"火烧市"，小孩却希望天天"败市"，留下存货，这样隔天就不用再工作了，真是两难！算了，还是天天"火烧市"好，起码这样大人的日子会好过一些，大人的日子好过了，小孩也不会差到哪里去。

我家从事蛋品批发副业将近二十年，上初中后，日子就有了重大转变。长久以来这种耗时费工、人工剥蛋壳的事，此时也有机器代劳了，我们只用专注在包装上，不再需要每天与一颗颗的鹌鹑蛋奋战，也不再需要哥哥"照顾"弟弟的免死金牌。一年到头，真正忙的时候，只剩下中元节及过年两个时段需要彻夜工作而已，日子算是过得舒服多了。

我上了高中后，老药铺因马路的拓宽而搬迁，这时药铺的经济大权才真正由我老爸接手，此时家里的生活相对也改善许多。直到我高中毕业，才真正摆脱与鹌鹑蛋的纠葛。我算是被鹌鹑蛋养大的，也正是被它养大的缘故，我不吃它，打死我也不吃！

是尊敬吗，还是怕了？

教中医师开药方

学习！人在生活中，大半都在学习，也只有透过学习，才能明了事物的真相！

没有人具有与生俱来的能力，只可说有的人天分较高，但他还是要透过不断的学习，才有成功的机会，也才能成就某些事业。

我老爸向我阿公学习，也向同业及前辈请教。我们家中的小孩，因为在药铺里长大，从小接触中药材，小时候的成长过程不敢说是学习，却也耳濡目染，自然就会有些

> 药材的辨认与使用需要经验，非书本、证照、实习所能提供，从前那位中医师时常到家里来跟老爸讨教，教学相长，直到他累积了足够的经验，我们也就功成身退。

许了解。年纪渐长后，家中的小孩逐渐被分派工作，做一些简单的药材加工，或是抓简易的药方，这也是一种学习。更大一些时，先从一些比较简单的香料配方开始，尝试自行调配，也是一种学习，在家中回答客人的询问，为他们解决问题，更是一种学习。总之每天都生活在学习中，我们家的小孩如此，以前老爸、阿公也是如此，其他各行各业的人也都是如此。学习是基本的谋生技能，这是我老爸从小就一直不断告诫我们的一段话。

替中医师恶补经验

还在读小学的时候，有好几年家中都会固定来一位客人，与其说是客人，不如说是来家中实习的中医师还比较贴切。

从前虽有中医药学院，但并不是所有的中医师都是从医学院出来的，相反地，更多是经过长期师徒制的学习。七八十年代，中医师的任用资格改为，只要通过考试，经过实习就可取得中医师执照，看病开药方。若是当事人本身就从事中医药相关职业，并无太大问题；若当事人原先完全没有这部分经验，而是靠苦读考上，经过一段时间的实习，就要马上提枪上战场，对某些天分较高的人，或许没问题，但并非人人都有此天分，毕竟是开药方，不是开菜单买食材，还是得小心为上，保险一些。

这位新科中医师，原是老爸的朋友，在老家附近开设西药房，具有药剂师执照，很会念书，一边开店还能一边读书。经过几年苦读后，他顺利通过中医检定资格，紧接着又经过数年奋斗，如愿通过中医师特考，经过了实习，顺利取得中医师执照。

取得执照后，家中的西药房也开始为人看诊开药方了。由于看诊之初，西药房并没有设置中药柜，也无中药材，所以只单纯为人看诊及开药方，开了药方再委托我家药铺为他抓药，他则请患者稍后去取药。

通常他开了药方后，会先请患者回去，接着马上骑着他那台"伟士牌"，火速地来我家，请老爸帮他看一下，他所开出的药方，是否适用，是否有要增减的地方，尤其在剂量方面，是否过重或太轻。

那时尚不流行科学中药，主要还是以传统的煎剂为主，待抓好药后，让他带回去，他再请对方到药局拿药。有时若只是开立一些固有成方，而他又忙，往往都是帮他抓好药后，由我大哥或是我，骑着脚踏车直送他的西药房。

经验无价，非书本所能提供

由于当时他的西药房尚无中药柜及中药材，且读书时对中药材的认识，大都从书籍之中得来，在实际看诊过程中，并未接触，有时药材的形状和他所想的药名有出入，所以每当有空闲时，他就会到我家认识药材及其加工过程，补充书本中没有的相关知识。而这当中有一项特别重要，就是开立处方时，实际药材所应下的分量，及如何加减药材的种类。

原来他在考取中医师之前，没有相关经验，也没看过实际的中药材，所有知识完全从书本得来，包括药材的图片。而当时药材图片大多是黑白印刷，有些还是古早的手绘插画，和实际加工过的药材相差甚远，常会误用或错用。虽然后来经过实习，但毕竟是短期，为了怕误用或错用，那几年，他一有时间就往我家跑。

当时或更早之前的医药书籍，有关处方的书写，通常只有药物组成，少有剂量轻重。关于处方剂量的轻重，常是依医生个人或开立处方之人的经验，及按照当时实际的情况而定，并无一定规范。比如，庙宇的药签剂量通常都下得很轻，剂量虽然下得轻，但在神明的加持下，当事人会觉得"有吃有保佑"。

药物的加减，更是依照医生个人的喜好及当时的情况决定，并无某种药材专治何种病症，往往同时有数种药材可供选择。

虽然大部分医药书籍并没有记载分量的使用，基本上药方的开立，都有一些潜规则及通则可以遵行及参考，但往往有时为了凸显某一种药材的效用，剂量又会下得比平常多一些，甚至数倍之量。而这全靠当事人的经验，所以经验的累积，在此时就变得相当重要，这也是为什么，他每每开完药方之后，都会请我老爸先帮他确认，是否有需要增减之处。我想他那几年的经验累积，不是靠书本知识就可得到的，也确保数年后，他的中医诊所能顺利开业。

渐渐他来的次数变少了，取而代之的是，由他拨电话来，告知所开的药物组成及剂量，再由家里的人抓好药，帮他送过去。后来他的西药房也顺利增设中药柜，上头放了各式中药材，他成了一位名副其实的中医师，我老爸也顺利完成了他对这位朋友的任务！

虽然表面看起来，他是向我老爸学习，照理说是老爸吃亏，但吃亏就是占便宜，况且我老爸并不吃亏，他也从中获益良多。所以，究竟我老爸是他的贵人，还是他是我老爸的贵人？在教学相长、温故知新的过程中，谁是谁的贵人无从断论，也不重要，但看得出来，老爸是开心的，每当他想起这段往事的时候！

求药签，
神明也要当医生

以前到庙里求药签的人形形色色，有的是走投无路，连医生都束手无策了，到庙里寻求神明帮忙，死马当活马医，想要抓住最后一根浮木；有的是不管小病或大病，都要先到庙里挂神明的号，而不是先到医院或药铺看病抓药；再来就是单纯寻求神明的慰藉，本身并没有病，只是"感觉上"有病，但又说不出哪里不舒服，有点在吃安慰剂的感觉，"有吃有保佑"。

> 药签男女有别，不管求的是心安，还是真的有效，都是老药铺时代里的重要文化。从他们拿着药签走进来时的眼神，就知道这份慰藉有多重要。

每间药铺都有自己的药签手抄本

记得小时候，三不五时总会见到老太太抱着孙子，或是老夫妻一起，手上拿着刚从庙里求来的药签，走进药铺内抓药。从他们的眼神中，你会知道这是他们最后的依靠。

有时也会发生令人啼笑皆非的事。他们拿着好不容易从庙里神明那里求来的药签，偶尔还是会不放心地补上一句："呀——这张药签是治什么病的？"通常这时我阿公或老爸心中就会有OS[1]出现，想说好不容易向神明清楚说明并报告病情，想要请求一张药签，神明也赐给您了，怎么到头来还是不完全相信神明的神力？

不过话说回来，这种疑问在以前还真不少，因为庙里药签的共同特色是只有编号，并无注明治疗何种病症，这也难怪，不放心的患者有时会忍不住多问一句。

以前要开药铺做生意，附近庙宇的药签手抄本是一定要有的！有时还不只一本，若附近庙宇多，两三本也都是有可能的。

神明要管的事其实很宽，除了基本保佑一家大小平平安安、老公事业顺利、乖女儿嫁得好老公、过了适婚年龄的儿子能娶得美娇娘、小朋友学业第一名、老公不要包二奶，还有结婚多年的

---

[1] 内心独白，英文Overlapping Sound的缩写。——编者

夫妻希望能生小孩……总之无所不包，无所不管，有时还要当起医生开药单，就像是现在公司行号的总务一般，管的事很宽，还要有求必应。

以前的农业社会，大概方圆数百米就会有一个信仰中心，那里除了是大家的精神依托，也是重要的联谊场所，充当平日聚会的地方，统称为"公庙"，通常是村民、里民或信徒所集资兴建的。

在各地方的信仰中心，公庙神明除了要"处理"大家的疑难杂症，有时也会因应信徒需求为有需要的人开药单，也就是俗称的"求药签"。在老一辈人的心中，神明无所不能，有病痛时，除了寻求医生的协助，也会寻求神明的帮忙，在束手无策时，求神问卜更是重要的参考依据。

药签的特色：炉丹与心理慰藉

老药铺的巷口就是一间祭奉关帝爷的庙宇，也就是俗称的关帝庙，是附近居民的信仰中心，庙宇前关平所牵的赤兔马雕像，还留有我们家长辈捐赠的落款。由于离家很近，店里必定要有关帝庙的药签，以备不时之需。家中这本药签手抄本，还是当年我阿公亲手核对庙内药签，一张张抄回来的，且不单单是我们家必备，只要是附近稍有历史的中药铺，也都一定会有。可见在医学不发达之际，到庙里求药签，多么普遍，可想而知，当时神明的工作量肯定比现在更重。

以前相关的医药规定并不如现在完备，执行起来也较为宽松，上庙宇拜拜求药签的情形不少。现在规定日趋严格明确，庙宇几乎都不再让人求药签了，担心吃出问题，恐怕连神明也要吃上密医[1]的官司。

不过其实药铺老板都不担心，因为神明所开的药签有一个特点，就是剂量很轻，有点像吃安慰剂的感觉。且男女药签有别，男用药签和女用药签并不相同，不过最特别的是，每张药签中，一定会出现一味药——炉丹，就是香灰啦！通常炉丹都是合着熬好的药汤一起喝，虽然剂量轻，但有时会因为神明加持的心理慰藉，再搭配服药，有意想不到的效果。有时心里的慰藉，比吃药还来得有效，我想神明也多半扮演此角色吧！

或许依现在科学的角度来看，求药签这件事，大多数年轻人会觉得不可思议，也会认为太过迷信。但迷不迷信，见仁见智，从精神层面来看，神明未尝不是另一种形式的心理医生？

1　指私下替人看诊，并保守相关秘密，也指私人医生、私人诊所。
　　——编者

药签分男用、女用，用久了封面脱落，索性就以报纸为衣

阿公手抄的药签

保证！包医！

近几年一些商家，如量贩[1]店会说"保证最便宜""保证买贵退差价"，到菜市场买水果大哥也说"保证甜、不甜不用钱"，外出旅游，看到道路两旁卖蜂蜜的老板说"保证纯，不纯砍头"，当然是砍蜜蜂的头。场景若换到医院，医生大概不敢保证你的病一定治得好，顶多会说：让我们一起努力对抗病魔吧！那就算是能视病如亲的医生了。

"包医"，保证医到好，这名词已经好遥远，也好久没听到了。换作现在，有谁敢保证，毕竟人命关天的事，马虎不得，也保证不得！

---

1 量贩一词源于日本，原指批发商城或超市。——编者

上大医院也好，小诊所也罢，或到药铺抓药，甚至最顶尖的医生，大概都无法挂保证，毕竟是人命关天的事，谁敢任意承诺。要是挂了保证，病却没医好，或不如当事人预期，恐怕医生又要挨告，医疗纠纷处理不完。

不过在以前可就不一定了！

把病医到好，否则不收费

以前，某些药铺或某些人专门做"包医"的事，也就是保证把病医好，不然不收取费用。莫非是神医来的？要不然怎可保证把病医到好，不然不收费呢？

从小学到初中，班上总有一两位同学家中也是开药铺的，都是从祖父时代就开始经营，大家的成长过程大同小异，没谁比较特别，而这些同学家及附近的药铺，也没人在做"包医"的生意。从小对"包医"两字的印象，一直都停留在阿公或父执辈同业间平日闲聊的话题里，多半他们在谈论"包医"时，也都是说某某某看了一个什么病就开价多少万，也不忘在最后加上一句："真敢收喔——"看得出来，老爸和熟识的同业对于"包医"这事并非很赞同，总感觉有点乘人之危的味道，也就没在做此生意。

当然，这行做久了，遇到的人形形色色，难免也会有要求"包医"的客人。尤其是在医疗资源不普及的年代,医院诊所都少,当时大家都习惯上药铺看病、抓药。只是,开药铺做生意,看病、抓药,长辈们都喜欢正正当当的,不喜好搞名堂。当遇到要求"包医"的客人时都会予以婉拒,虽然赚得比较多,但阿公不做,老爸自然也不会做。从小对于"包医"这件事,我都无从真正了解,一直停留在耳闻阶段。

隐约知道,会做"包医"生意的人,通常将求诊病况稍微夸张,借此开出较高的价码。若遇上较难处理的病情时,倒也不怕,除了可开更高的费用,依当时的社会风气,万一真没治好,或出什么差错,顶多不收费,不会有太大损失,病人大多不了了之,根本没有所谓医疗纠纷这档子事,以后不再找他看病而已,或认为自己没有"先生缘",是自己没福气。不过要真遇到认为无法治疗的病情时,大概就不会接了,因为不想为自己找麻烦。

与"包医"的第一次接触

第一次真正看到及了解"包医",是在八十年代,我的高中时期。由于我从小就不爱读书,成绩一向普通,联考时也有自知之明,直接放弃高中联考,五专及高职联招,也都是交差了事,考个心安,可想而知,放榜时一定"排在孙山的后头",连印在榜单上的资格都没有。

就读私立高职是唯一选项，于是就近选了一家。新学期开始，知道班上同学家中并无人从事药铺生意。后来同学间渐渐彼此熟悉，感情较好的没事就窝在一起，假日也偶尔相约外出。

一次大伙相约到其中一位同学家的林子采橄榄。橄榄树又高又大，必须爬上去将整枝橄榄树枝锯下来，由于爬上爬下真的很累人，其中一位住附近的同学又提议到他家休息。一进门，意外地发现他家侧堂，地上放着一瓮瓮酒坛子，每一瓮都浸泡着药材，不像是自己喝的，比较像是要出售的。之前我只知道这位同学的父亲是上班族，不过看到这么多酒坛子，且这种浸泡药酒的坛子每一家药铺或多或少都会有几个，他家又这么多，实在很好奇究竟是怎么回事。

后来才知道，原来他父亲小时候在凤山一家颇有名气的药铺当学徒，只是没有创业，跑去当上班族，只在这乡下地方的自家里兼差，帮人看病、抓药，专做"包医"及浸泡药酒出售的生意，也算是半个中药人。

当日回家跟老爸提及此事，原来他们在当学徒时就已认识，由于年纪相仿，当年附近的药铺就这么几家，同业间彼此有联系，只是后来观念不同，长大后就没再联络了。

先生缘，主人福

当时在乡下地方，由于就医不方便，"包医"这事还算流行，尤其比较有经济实力的人家，总认为只要付了钱，就可以保证把病医好，就好像是请了专用的医生，而且若没医好还可以不用付账，蛮划算的。在当时的时空背景下，大家各取所需，该怎么收费，也是一个愿打一个愿挨，两相情愿的事，没有谁对谁错的问题，更不会有医疗纠纷。"先生缘，主人福"，这是当时普遍的价值观。

"包医"，保证医到好，这个名词也已经好遥远，好久没听到了。

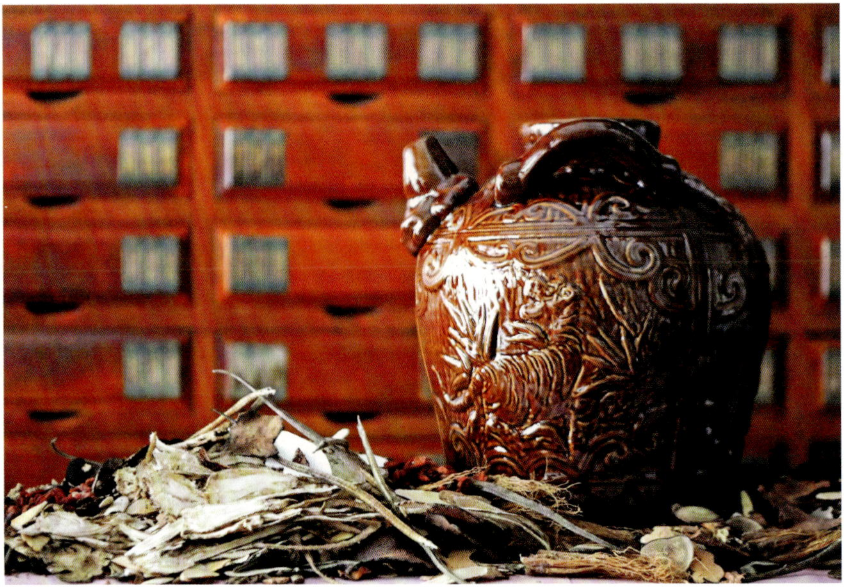

原来你的名字也叫作顺福

二十几年来，常经过这家机车行，对它有一丝特别的感情，里头有一位叫顺福的年轻人，和老爸同名，是这家机车行的第二代老板。

今天我又经过顺福家开的机车行了！

和老爸名字一样的小孩

二十几年前，当我还在读专科的时候，每天往返学校的交通工具就是机车。有一天车子骑到半途出现故障，离家又有一点距离，于是便就近找了一家机车行，请老板帮我修理。当时是哪里故障我倒是忘了，只记得老板检查过后就往里面喊了声:"顺福,帮我把工具箱提出来。"出来的是一位年仅十来岁的小男生,好奇心使然,就问了老板一句:"这是你的'后生'喔?"

老板回答说:"是啊!这是我'后生'。"于是我也搭腔说:"好巧喔!我老爸的名字也叫作顺福。"

我"后生"的名字是有故事的。老板说他年近中年,一直都没有生个一男半女,之前做过很多检查,看过很多医生,寻过各种偏方,当然求神拜佛也是有的,还是一点消息都没有。

直到有一天,有人介绍关帝庙前面的巷子里,有家中药铺,可以去找那家老板,帮忙调养身体。多年来夫妻俩求子若渴,抱着姑且一试的心,就半信半疑地前往朋友介绍的这家中药铺。

这家中药铺老板的年纪和他差不多,大概只比他多上个几岁,都是中年人。老板开了些调养身体的药方,他们回去很听话地吃了一阵子,然后——很自然地有了,就是现在看到的这个!

"少年欸!你不知道啦!我好不容易才生这一个儿子,要不是当初那家中药铺的老板开药帮我们夫妻调养身体,搞不好我到现在还生不出来。那家老板的名字叫作顺福,为了感谢他,我也把我儿子取名为顺福。"机车行老板说。

喔——原来你儿子的名字是这样来的,好巧!刚刚好,那家中药铺是我家开的,那一个叫顺福的老板刚好是我爸。

人生际遇就是那么奇妙,要不是那一天刚好机车在附近故障,就近修理，也就不会让我知道这个过往的小秘密。原来还有一个叫顺福的小朋友。

顺福你好，美好的生命传承

那天回家后，很开心地跟老爸说起今天的际遇：我遇到跟你同名的一个小男孩，他家在东门附近开机车行，当初就是因为老爸你开药方，帮他爸妈调养身体，才生了他这么一个儿子，所以就给儿子取了一个和老爸你一样的名字，够神奇吧！

老爸淡淡地回答我，这件事他早就知道了，而且还有吃到小朋友的弥月油饭呢！虽然老爸说这没有什么，不过从他的眼神，我还是感觉得到一丝丝的骄傲。

之后那几年，只要机车稍有毛病，或是要更换零件，我都会舍近求远到顺福家开的机车行去修理或检查，总之就是会去看看那个叫顺福的小孩。每次，老板也总会问我老爸的情形，是否过得好、过得健康。

人就是这样被小孩给追老的，小朋友一天天长大，也就意味着上一辈的人会渐渐老去，直到几年后，父亲过世，我也就不再到顺福家开的机车行去修理机车，因为怕触景伤情。

或许是我家小孩多，无法理解那种求子若渴想要有子嗣的感受，一辈子求神问卜，看过无数医生，试过无数偏方，就只为了求得一子。

机车行的顺福早已长大成人，也顺利接掌家业。顺福的出生或许是老爸人生的一小段插曲，却是机车行老板家一件重大的事，机车行老板一直把我老爸当贵人看待，但他未尝不是我家老爸的贵人。因为有他，才让我爸"顺福"的名字能延续，也当作生命的另一种传承，每当他看到家中的儿子顺福时，应该也会想起另一个开中药铺的顺福吧。

虽然药铺是看病抓药的地方，是救人让人延续生命的希望所在，但没人想过，可以用这种方式，让人的生命继续获得重生。

虽然我早已不再到那家机车行去修理或保养机车了，但每次经过，总会忍不住往里探看，看看那位叫顺福的年轻老板，也一并想起当初开药铺的那一位顺福。

今天我又经过顺福家的机车行了！嗨——顺福，好久不见，近来可好？我在心中小声地念着。

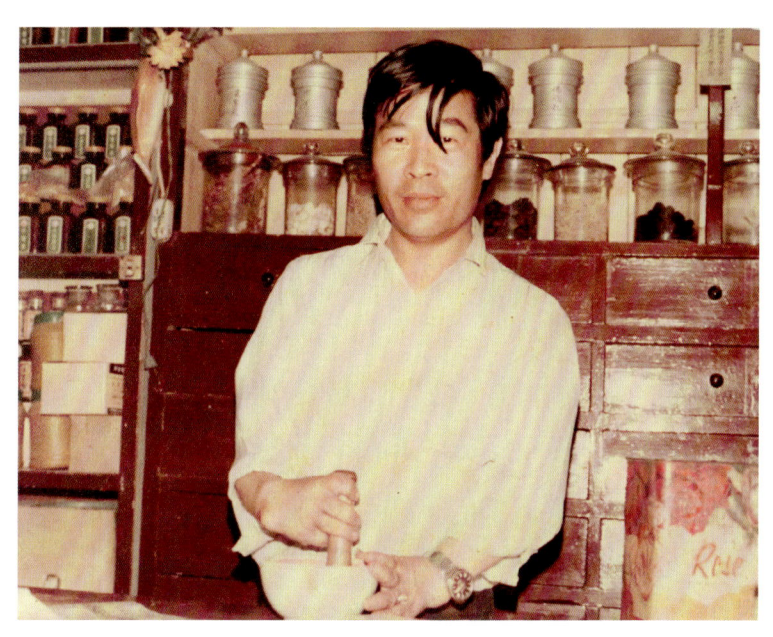

老爸，我心目中永远的潇洒黑狗兄

阿水叔的高丽参

送走阿水婶后,阿水叔也要回到医院与难缠的病魔抗战,两代人四十多年的感情,好康歹康,都希望能一起经历。

阿水婶走了,我想对她来说,应该是一种解脱吧!

早上接到阿水叔儿子的电话,他说他妈妈今天就会"回家",来电询问当时我是如何为我妈办理后事的。对于阿水婶的辞世,心中虽然不舍,但对阿水婶自己来说,未尝不是一种解脱。

以赊代借,手头方便再给

长期的心血管疾病,让阿水婶

这次住院，一住将近两年。这一两年来，阿水婶的活动范围仅限于医院的加护病房及普通病房之间，仅前年的除夕向医院请假四小时，回家吃了一顿团圆饭，就又因身体不适火速赶回医院；再来就是某年的"大选"，因为和主治医师政治理念相同，医生特地批准三小时的假，让她回去投下宝贵的一票，此外就没再走出过医院了。

老爸有一串的结拜兄弟姊妹，到底有几个，我也搞不清楚。有些早已没联络了，但总有几个感情较好的，虽然平时大家士农工商，还是保持密切联系，阿水叔就是其中一位。他脸圆圆的，矮矮微胖身材，总是笑着，活像一尊弥勒佛，容易让人亲近。

阿水叔是台南人，老家生活比较困难，年轻时夫妻俩从台南来高雄打拼，一群年轻的小伙子，在高雄相识、相知，气味相投进而义结金兰。记忆中阿水叔和阿水婶两人都在市场摆摊卖成衣，一家五口在凤山古城租屋而居，生活总是只能维持在尚能温饱的状态，摆摊生活本就不稳定，还要看天吃饭，若是连续的阴雨日子，就更加辛苦了。

阿水叔的老父亲身体一向不太好，往往有个"风吹草动"，阿水叔原本不怎么宽裕的手头，就更捉襟见肘了。记得那几年，阿水叔每次到我家时，老爸总会切上一包韩国高丽参，让阿水叔带回去，那时总没见阿水叔掏钱付账过。

后来才知道，原来阿水叔总是把高丽参寄回家去，让老父亲调养身体，尽尽当儿子的孝心。而阿水叔也不是没付账，只是等手头宽了些，再到我家里付款。那一包包的高丽参并非免费，也不叫作"借"，当时叫作"赊"，赊高丽参变成了那几年阿水叔常来家中的主要原因。

颠簸与安稳

阿水叔有个儿子，当初有点浑，常让他伤透脑筋，有时真不知该如何是好。老爸将阿水叔的儿子带到熟识的中药盘商那儿去当学徒，也学着跑业务，后来证明当初这个决定是正确的。

经过几年的磨炼，阿水叔的儿子也自己出来创业，做中药材批发买卖，当然头几年总是跌跌撞撞，难免遇到跑三点半[1]。这时候的阿水叔也总是充当他的最佳后卫，偶尔会来找嫂子调头寸[2]。我妈也总是交代我大哥，如数地让阿水叔带回去轧三点半，这几年阿水叔儿子的事业渐渐稳定，他也能吃上几口安乐饭了！

阿水叔早已脱离赊高丽参的日子，也不用再帮儿子调头寸，

---

1 台湾的银行是下午三点半关门，"跑三点半"指四处借钱，在关门前到银行完成结算。——编者
2 指想方设法筹钱。——编者

可以过上较为清闲的日子，有空就帮儿子整理货物，或是外出串串门子，有时也到家里找嫂子聊聊天。他总是说，他心中最感念的是当时赊高丽参的日子，还好当初老爸将他儿子带去学中药，要不然现在的日子不会过得如此清闲，搞不好成天还在为儿子的事情烦恼呢！

自从两年前阿水婶住院后，阿水叔就不常到家里串门子了，因为要和看护轮流在医院照顾她。有一天，阿水叔如同往常骑着机车要到医院去，途中被一辆车给撞了！这一撞，把阿水叔撞进了医院，这一撞，阿水叔就再也没有站起来过。在医院治疗腿骨骨折时，意外发现他的直肠长了恶性肿瘤，让阿水叔的生活起了重大变化，其间状况时好时坏，而他的生活圈，便在医院与安养院间往返。

前阵子阿水叔因为病情不稳定，加上要装人工肛门，再度住进医院。住院后，刚好病房的位置就在阿水婶楼下，两人只隔一层楼。其间，若是阿水婶身体情况好一点，便会由看护陪同下楼去看阿水叔，顺便活动筋骨，不过没几天，阿水婶又因为腹部严重积水，再度住进加护病房。

几天都没看到阿水婶人影，阿水叔心底又犯嘀咕了，该不会又进加护病房了吧？

这天他忍不住问了儿子："这几天都没见到你妈，该不会又状况不佳吧？"儿子因为不想让老爸担心妈妈的情形，很为难地回答说："妈妈的情形有一点不稳定，所以进加护病房观察中，别太担心。"

阿水叔喃喃自语："这关能过吗！是否有机会出来！有危险吗！"

而这天正是阿水婶"回家"的日子——

代替老爸，延续两代人的情感

再一次见到阿水叔，是在阿水婶的"毕业典礼"上。由于阿水叔是老爸的拜把兄弟，我们这些当晚辈的，就代替已过世的老爸出席，送阿水婶最后一程。因为是参加家祭，所以我和我家老大早早就到了会场。

才多久没见，差一点就认不出阿水叔来。他凹陷的双颊，更显苍老。由于先前的车祸再加上手术，双腿已经没有力气再站起来了，他坐在轮椅上，用异常抖动的手，握住我们这些晚辈的手说，阿叔找你们来，"拢总没好康"[1]。

一时间空气似乎凝结了，让人难以再接话下去，看着坐轮椅的阿水叔，小时候的记忆渐渐浮现出来。从小看着这两位老人，年轻

---

[1] 意思是"总也没有什么好事情"。——编者

时离乡背井到异地打拼，辛苦了一辈子，好不容易才刚要过上两天清闲的日子，真不舍！

　　由于是跟医院告假的关系，送走阿水婶后，稍晚阿水叔也要回到医院继续与难缠的病魔抗战。他的那一句"拢总没好康"让我想了好久。两代人四十多年的感情，我们这些当晚辈的，并不需要长辈有好康的事才来找我们，只希望将两代的情感好好延续下去，如此就好。

做药忏

> 千百年来,药铺服务着人的生老病死,直到最后一场人生的毕业典礼,依然没缺席。

　　药铺有时候也要服务到一个大家都不想去的地方——阴间。

　　相传黄帝写了《黄帝内经》,一脉传承,经过千百年。药铺一开门就注定和生老病死脱不了关系,不只服务着阳间的人们,有时也要照顾阴间的朋友。

　　世上大概很难找到和药铺一样的行业,既要管阳世的生老病死,还要为阴间的亲友开药方。不管是大型的医疗院所,还是小型的诊所,顶多服务到生老病死,不会继续为阴间的朋友服务。

药铺好周到，连阴间的朋友都照顾

也不知道从什么时候开始，只要生病去世的人，佛、道教在为其做了一连串的法事后，通常会在最后一天，加做药忏法事。象征做完药忏后，全身无病无痛，一切都好了，再喝完孟婆汤，走过奈何桥，就与这阳世的纷扰一刀两断，从此不再有任何瓜葛，可以一路好走到西方极乐世界或天堂，去享乐，或是转世投胎。久而久之，这慢慢成了一种习俗。

在以前，传统的殡葬业者，大部分还是单打独斗，老药铺偶尔会接到业者的请求，抓帖药方，以作为药忏的法事之用，只是当时年纪太小，无法得知药方到底配的是什么，是否有对症下药。后来偶尔也曾想过这个问题，不过都不了了之。

随着时代的演进，殡葬业也慢慢朝向企业化经营，服务范围愈来愈广，一条鞭的作业，让单打独斗的业者慢慢减少，药铺要遇到这种请求自然少见。不过这并不代表药忏法事就此消失，只是大型的殡葬业者对药材需求量大，都转往与上游的盘商合作了，至于是否有对症下药，又是另一回事。

这样的殡葬服务实在让人觉得贴心，因为遇到这种事，家属通常六神无主，实在不知从何着手办理亲人的后事，但一切的流程规划，都有专人服务，只要家属配合流程走，就可圆满办理好亲人的最后一场"毕业典礼"。

当然，做药忏的法事，那一只药壶和里头放的药材，一般人大概不会好奇，想打开看看里头到底放的是什么药。即使一时好奇，打开药壶看，也未必能看得懂，反正只要拿香跟拜，一切准没错。

药忏里的四物汤

家母前几年不幸因病过世。对于殡葬这种事，说实在的，我家也和大部分的家庭一样不甚了解，当然也会有些热心的亲朋好友，提供信息或告知相关习俗，不过后来决定，这种"专业"的事，就委托给专业的人办理，于是就请殡葬业者来为家母处理人生最后的"毕业典礼"。

筹办"毕业典礼"期间，我们多少会感到心力交瘁，不过由于是委托专业业者，其中的一些小细节，都为家属设想周到，虽然悲伤，但也有一股贴心的感受。

由于家母是因病过世的，做药忏的法事，当然不能免俗，一切按习俗办理，也就是在"毕业典礼"前一天，一并将药忏法事完成。记得当天，礼仪公司的员工，带着一只药壶、一包药包，还有相关物品，等候诵经师父到来即可开始。由于先前已对这药包存有好奇之心，所以就等法会的空当，将药包打开来看看里头到底装了些什么药材，是什么仙丹妙药。为什么做完药忏法事后，就可以让往生者生前扰人的疾病，一帖药到病除。

不看还好，至少还存有一些幻想，以为药壶里装的是仙丹。虽然心中早已有谱，觉得应该会是些寻常药物，但看了之后还是有些失望，原来只是常见的四物汤。我也偷偷询问了工作人员，做药忏法会的药包，是否每个人都一样？得到的回答是大家都一样，想想我还真笨，不用想也知道，只是很奇怪，大家的病因都不同，为何药方都一样？是象征式的仪式，还是只是要让在世的家属安心而已？不是说要对症下药吗？这四物汤真能治疗往生者生前的疾病吗？

带着一颗疑惑的心，还是将法事给顺利完成了。办完"毕业典礼"，虽然心中不舍，日子也总要慢慢恢复正常，其间经过了百日，一转眼就到了周年，也就是我们俗称的"对年"。对年依照习俗又要办一场法事，就在家母逝世周年的前一两个月，家中小妹，不断地梦见我家老爸，要求也要再办一场药忏法事。

我对这事充满疑惑，这药忏法事不是当年已经办过了吗？不是说做完药忏后，就不会再有病痛吗？是当时所委托的业者，没有尽心办理，还是当时没有"对症下药"，又或者是在阳间的小妹，太过想念过世的父母，所以才会导致今日不断重复这种梦境？

总之，既然家里有亲人如此反应，就抱着宁可信其有的态度来面对这件事。只是当这要做药忏法事的消息被一些长辈知道后，就有一些比较"热心的"出来说话了，说这药忏早在二十年前，我老爸过世时，就已经做过一次，这时再做一次，怕是不符合传统习俗。

其实对于这种事，我个人认为，虽然与传统习俗不合，不过如果能因为再做一次，而让阳世间的子孙安心，又能对在遥远阴间的老爸有所贡献，再做一次又何妨？搞不好就是因为当年药忏法事的那只药壶和药方，根本没有对症下药也说不定。

请老爸为自己开药

总之，就决定了，在家母的对年当天，顺带为我老爸办一场药忏法事。不过这药铺当年是老爸掌柜的，说起挑药方、开药方，他可是专业的，这药方一定要他自己来决定，非得对症下药不可。所以就委托一位对宗教有研究，也懂这事的人来掷筊，既然要安大家的心，也要让老爸解除病痛，就得慎重一些。

一连准备了数十个药方，掷筊让老爸自己来挑，结果不知道是冥冥中注定好的，还是刚刚好巧合，老爸挑了一个"补阳还五汤"的加减方，他真是内行，不愧以前是药铺掌柜的。这药方在现在，常被用在中风后的病人，做术后的调理及改善中风的后遗症上，算是一帖常用的药方，而当年夺走老爸宝贵性命的病因正好是中风！

当年他没机会为自己开药方，今日我想这应该就是他为自己所开的一帖对症下药的药方吧！当天药壶里，就是装着这帖药方，不再是四物汤，如此比较符合开药铺的作风。

说也奇怪，为家母办完对年，也为我老爸加办那场简单却庄严的法事后，小妹就不再梦到老爸要求做药忏的事了。这到底是消除已过世亲人的病痛，还是安阳世子孙的心？我想两者都有，一举两得。

从生到死，千百年来，一直在药铺的门前反复上演，直到人生的最后一场"毕业典礼"，药铺依然没缺席。

只是我还是有点好奇，那让人忘却生前一切爱恨情仇的孟婆汤，药方到底是什么？奈何桥前装孟婆汤的那只药壶里，会不会也只是四物汤而已？

普度，替好兄弟也补一补

> 别人家的普度供品大多是饼干、糖果或罐头，我家则是白米，还有那些『特别』的东西……

对于拜拜一事，开药铺的有些禁忌，不像一般的行业那样自由。

在台湾开门做生意，为数不少的商家，习惯农历初二、十六，在店铺门口摆上三牲、鲜花、四果，点上三炷清香，口中念念有词，乞求生意兴隆，然而这一点在中药铺就行不通，因为若是跟着一般商家，在初二、十六拜拜乞求生意兴隆，肯定要引起大家冷眼相看。药铺生意兴隆，岂不是希望大家都生病？有人生病药铺生意自然好一些，不过并不是大家所乐见的,所以药铺虽然也是开门做生意,也希望生意兴隆,但总不希望借由拜拜一事来达到。

药铺的供品不一样

一年当中,中药铺能拜拜的日子不多,除了除夕,大概就是农历七月这段时间。七月拜拜并不为乞求生意兴隆,而是单纯地想要慰劳犒赏好兄弟[1]们,以及希望全家大小平安健康。所以农历七月拜拜,也就是我们俗称的普度,自然是中药铺一年当中少数必定会参与的祭祀之一。

每年农历七月将至,附近的公庙,也就是当地的信仰中心,执事人员就会出来挨家挨户地询问是否要参加七月的普度。缴了普度金,会领到两个脸盆及两面三角形小旗子,以便到时能将供品放置于盆内,旗子大多写上"庆赞中元"及自家的名字,以免到时要领回供品时,错拿别人家的东西。

小时候我们家的普度供品,永远和别人不一样!别人大多是饼干、糖果,或是罐头、水果之类的好吃的零食,我家通常是脸盆底下铺满了白米,上面摆上红枣、当归、桂圆之类的常见滋补

---

1 闽南话中,为避讳,常将"鬼魂"称作"好兄弟"。——编者

中药材，或许阿公觉得，在另一个世界的好兄弟，辛苦一整年，好不容易挨到农历七月，有一个月的假期，需要来补补身子，所以用滋补药材，来帮这些好兄弟好好地补一补。

不过小时候，我常以一种很羡慕的眼光，看待邻居的供品，因为我知道，到了晚上，这些供品都会变成祭拜小朋友五脏庙的最佳祭品，而我家的供品却——不能吃！

孩子们的野台戏心思

以前普度，只要当天时间一到，家家户户就会将供品送到附近的公庙，我总喜欢跟着阿嬷，将供品搬到巷口庙宇前临时搭起的棚内去祭拜，活像一只跟屁虫。

阿嬷免不了会念上一段祝祷文，不外乎是乞求当天的主角——好兄弟，保佑一家大小平安，保佑外出打拼的子女，工作顺利，等等。也请四方好兄弟好好饱餐一顿。

但小朋友的焦点总是供桌上的供品及戏台下的零食摊，这些都远比好兄弟的饱餐一顿及看戏来得重要！

农历七月走在凤山大街上，大概整整一个月，到处都在演野台戏，有时还会见到好几个戏班在彼此拼场。对小朋友来说，戏台下是另一个天堂，小贩所卖的烤鱿鱼、糖葫芦，以及踢铁罐、捉迷藏,才是最重要的,醉翁之意不在酒。

中元节打灯笼找好兄弟

中元节的夜晚,又是另一场重头戏!附近小朋友都会很有默契地,时间一到便自动集合,每个人手上都会提着一盏灯笼,不管是花钱买的,还是自己用旧的空奶粉罐做成的灯笼,人手一盏,往平时不敢去的地方探险,寻找好兄弟的踪影。因为大人说,农历七月好兄弟都放假出来了,在比较阴森的地方,就有机会看见,所以小时候的中元节,都是一群人满怀希望去寻找他们的踪影,不过也都每年落空,直到现在都还不知道好兄弟长什么模样。不过这事不知道应该比较好一点吧!

我现在长大了,也成家立业了。老药铺依然年年参加中元普度,桌上的供品不知从哪一年开始,也不再用那些滋补药材了,而是和大家一样,用小朋友喜欢的糖果、饼干及水果、罐头,祭拜宴请好兄弟们,种类比以前更多元丰盛。我猜现在小朋友的感觉,大概就跟我们以前一样,大人乞求的是一家人平安顺利,小孩求的是早点拜完,早点享用那丰盛的零食。

只是,在另一个世界,是否也需要在农历七月举办普度,来让另外一个世界的好兄弟饱餐一顿呢?

也算药方一张,花椒一粒

"花椒一粒"能做什么?
入菜恐怕无味,
剂量太轻,也捉不了蛔虫,
但牙疼时把它塞在嘴里,却这么好用。

一般药方,少则三五味,多则二三十味,鲜少看到单独一味的药方。若要说起一味的药方,最著名的大概就是独参汤了,在古时没有强心针,单独一味的人参,扮演着强心剂的角色,历经千百年。

现在坊间也可以看到许多以单独一味,做成的保健食品或相关养生茶饮,所以药方中若只出现一味药,也不必太过惊讶。但若是这单独一味是"花椒一粒",是不是很让人好奇?

半夜的花椒与牙疼

"花椒一粒"能做什么?说要入药,恐怕剂量太轻,也捉不了蛔虫,要入菜做川式料理,或是当香料做卤味,肯定是不够味的。说实在的,使用花椒时,不管是入药或做料理,通常是一把一把地抓,从来没有只用一粒的。

不过"花椒一粒"却可当作半夜牙疼的急救妙药。牙疼虽然不是病,发作起来却要人命,尤其在半夜,叫天天不应,叫地地不灵。好在现在还有二十四小时营业的药局,可以去买点止痛剂应急,要不然就直接杀到医院去挂急诊了。可是,要是牙疼发生在没医院也没二十四小时营业药局的时代,又该怎么办呢?

从前大概有三种做法,一是咬紧牙根,熬到天亮后直冲大夫家,请郎中帮忙;二是到自家厨房,找些辣的辛香料,比如大蒜、辣椒之类的,塞在牙痛部位,借由辣度来止痛;最后就是硬着头皮,去敲药铺大门。除此之外,大概就没其他法子了。

以前治牙疼,不外乎拔牙,要不就是使用些辣、麻的药材或辛香料作为短暂的止痛药,丁香、大蒜、辣椒、细辛都可用,甚至喝烈酒也行。这当中有一些是中医药典籍有记载的,有些是民间常用的偏方,老一辈也说过,牙疼的时候,只要塞一颗丁香或大蒜就可以了,不过我始终觉得花椒最好用,一来它不像辣椒,会使整个口腔辣过头，也不会像大蒜味道那么难闻，更不会像喝完一整瓶烈酒后，整个头壳仿佛爆炸一般。花椒作为牙疼的急救药，可以把麻控制在牙疼的那一个点上，还有股独特的香味。

冰箱里常备的好药方

记得初中时，老家前的巷子准备拓宽马路，药铺搬迁到新址，不过当时老家尚未被拆除，其余家人都已先搬到新家住了，只有我还暂时住在老家，算是独居少年。有天夜里，我突然间犯牙疼，家里也没人可以求救，手边没有止痛药，痛得无法入睡。正值暑假，不用上学，忽然间听到老家后面传来说话的声音，是万生舅公家，他们家的戏班公演回来了。我知道戏班成员，平常最大的消遣就是打牌，以此来消磨时间，邻居当久了，早知道他们的生活作息，只要外出公演回来，一定彻夜打牌到天亮。既然我牙疼无法入睡，心想干脆起床，开了后门直接到他们家去。不去还好，一去看他们打牌竟然就看到天亮，神奇的是，原来痛得不得了的牙，居然也不疼了，当一个人专注在某件事上，竟可以让痛起来要人命的牙不痛了。

从那次之后，我就再也没犯过牙疼，也就一直无法亲自体会花椒的好处。不过这几年陆续有测试机会，除了平常当香料使用，每当有朋友临时犯牙疼，又无法马上看牙医时，我都会建议先用花椒来暂时纾缓，几次下来，效果还真不错。

印象很深刻的是，有次朋友公司参加台北食品展，由于他们公司专司食品代工，需要为客户解说香料事宜，我便应朋友之邀，前去做香料咨询的工作。由于是义务性帮忙，在时间的运用上，相对比较弹性，也较有时间和一些久未见面，或是在网络上认识却一直没机会碰面的朋友，相约展场叙旧碰头，几天下来，日子倒也过得轻松如意，任务也圆满达成。

结束后，回到高雄已是半夜，几天在外都没机会碰电脑，心想应该有好多信件等着处理。开了电脑准备工作，顺便上Facebook看看有没有新鲜事，突然看到一位白天才在展场碰面的朋友，在近况更新里写着，正在犯牙疼，还疼到手脚发抖。由于平时彼此就有交换关于香料的问题，知道她家冰箱里，存放着花椒，当时是大半夜，我便请她将冰箱里的花椒取出一粒，塞在牙疼部位，用牙齿咬着，不一会儿，等到口中唾液把花椒的麻度溶出后，渗透入痛牙周遭，牙痛就慢慢消失了。

隔日，又在网络遇到，问她牙齿还痛不痛。她说当然不痛，并且已经在盘算冰箱里的花椒，能够让她用上几年。当然这句是玩笑话，毕竟只是救急，解决之道还是要去寻求牙医协助。不过花椒的好处，倒是毋庸置疑。

网络真是一个奇妙的地方，虽然认识一段时间，只碰过一次面，距离还超过数百公里，却可以千里一线牵，透过网络的联系，半夜里用一粒花椒解决恼人的牙痛问题，这大概是当初大家在网络认识时始料未及的吧。

不过花椒的好处却是千古不变的，不管是周遭的亲朋好友、千里外网络认识的人，还是没机会见面的朋友，人人适用，没有大小眼之分。但这是治标不治本的做法。而人总是健忘的，牙不疼了还会去看牙医吗？或是等到下次半夜牙疼时，再来一粒花椒。

所以说"花椒一粒"到底能不能算药方？我想既然都能纾缓那要人命的痛，当然也算"药方一张"了！

辑二

总铺师的菜单

仓 库

说到药材保存，以前对于较有水分或容易遭虫蛀的药材，人们会细心地以熏硫黄来达到保存目的，不过现在已不能再用熏硫黄的方式，主要还是考虑硫黄有碍健康。但在冰箱尚未普及、法规尚未禁止前，千百年来，药商与药铺都是如此做的。

由于不能熏硫黄，保存上就有点伤脑筋，除了那些可以常温保存放置的药材，其余药材大概就只能存放冰箱了，所以大部分药铺都会

> 为了不被时代淘汰，我家药铺近年来也投入香料开发市场，从最简单的胡椒盐到香气复杂的麻辣火锅，都离不开香料，也都是药材。

有一台专门保存药材的大冰箱，我家当然不例外，有时一台冰箱还稍嫌不足。

由于中医纳入健保，以前看病抓药要花自己的钱，现在到中医诊所只要付挂号费即可。还有谁要到药铺抓药呢？有的话，也只是少数，和以前的盛况完全不能相比。而传统的抓药、煎药又逐渐被科学中药取代，使得原本就很难经营的传统药铺，更加难熬。有些脑筋动得快的药铺，纷纷寻求转型，无法转型的药铺，不是苦撑，就是早早关门大吉，像我小学同学及我大伯公家的药铺一样，敌不过时代洪流，就此被淹没了。

药铺转型：在药柜子里是药材，到厨房就变香料！

我家老药铺早已看到此现象，在十多年前，就在中式香料这块领域着墨。认真说起来，香料对于日常生活要远比药材来得亲密多了，从家中厨房到外面各类餐厅饮食，从最简单的胡椒盐到香气复杂的麻辣火锅，都离不开香料，也都是药材。药铺对于香料原本就不陌生，市面上可见的中式香料，哪一种不是中药材呢？只是用途不一样罢了，再加上我从小跟在妈妈身旁，对厨房事物本就有兴趣，也不陌生，对于中式香料在厨房的运用得心应手，由药铺来介绍香料，是不是比香料公司或香料厂更具说服力？有谁能想象老药铺有一天也能生产出自己品牌的麻辣锅？

为了不被时代淘汰，药铺近年来也投入香料开发市场，对应地，对于香料的需求量比较大。有些辛香料，为了保持在最佳状态，最好低温保存，这样一来，药铺的冰箱容量就显得不够了，于是就在隔壁请了专业的冷冻工程行，组装了一座药材专用冷藏库，充当这些宝贝辛香料的家。

老爸的药材香料库

这让我想起以前在老家时，也曾有过这么一座仓库。以前的药铺并不需要专门的仓库来存放药材，通常是要多少进货多少，顶多预留一些备用。只是当时尚处在两岸对峙的时代，台湾所用的中药材，都得通过第三地贸易商转购，价格都掌握在商家或上游的大盘商手上，往往一有风吹草动，或是产地来个风不调雨不顺歉收之类的，价格就会三级跳，涨个三五倍算正常，翻个十倍也不意外，当年的黑枣就是一个最佳的例子。

我妈常说，老爸这辈子都没有偏财运，就连投资药材的生意也不例外，到最后都是亏本收场。

就在八十年代前后，"听说"某些中药材产地收成不好，恐怕价格大涨，商家又要惜售了，准备享受药材上涨所带来的丰厚利润。当时的信息不像现在透明,这类消息,都是经由盘商告知或透露,消息的准确性也得大打折扣。

以前经历过多次中药材的大涨大跌,家中长辈倒也没试过跟随盘商脚步囤积药材,赚取其中差价,至于有没有心动过,我无从了解。当时就读小学的我,很难体会大人的心态,但至少他们都没有真正行动过。

这次不晓得是听了哪个盘商的建议,说价格上去就很难下来了,不先囤一些,将来会后悔。所以这次他们真的行动了!只不过药材总要有个地方存放,老家的药铺已经挤了九口人,没多余的地方存放药材,虽然药材干燥度够,但也要找个干燥通风的地方,不然要是碰上雨季,药材受潮发霉,"代志"就大条了[1]。

于是脑筋动到了我大伯母的家,她家还有一间空屋。由于是我阿公的大媳妇,所以阿公开口"征用"她家空屋,一切也就没问题。说空屋有点夸张,其实就是一间没人住的空房间,不过要把房间填满,少说也要好几吨药材。

这间空房间就在大伯母家旁,有独立出入口,说真的,还真适合用来存放药材,而且屋顶重新翻修过,要是真遇上大雨或雨季也不怕漏水。更重要的是,它离药铺很近,从药铺旁的小巷子

---

[1] 意思是"事情就严重了"。闽南话中,"代志"指"事情",同音;"大条"的意思是"较大的"。——编者

走过去，过了万生舅公的小型家具工厂就到了，是一座不像传统三合院的三合院，不过还是保存着旧式三合院的味道。

　　大伯母家的左手边是三合院的正堂，和姑婆家连在一块，右手边就是这间空屋了，前面还有一具手摇汲水器。以前自来水尚未普及，附近人家都还是用地下水，也喝惯了地下水，地下水喝来特别甘甜。不过我想那时候汲水器离家里粪坑很近，大多数地下水可能都有大肠杆菌污染，只是当时不知道什么是大肠杆菌罢了！不知道就不怕，还不是跟猪一样吃得白白胖胖，也顺利平安长大。

　　那间空房间，原本是要预留给堂哥，作为结婚时的新婚房，不过刚好暂时还不会用到，就先将它充当储藏室之用。

迷人的囤积气味

　　大人们也不知道是吃了什么熊心豹子胆，也或许是这次的消息比较准确，平时要么就不出手，一出手便是搞大的，把一整间空屋几乎堆满，进了快一屋子的黄连及栀子，大概有一两百个麻布袋吧，少说也有几千公斤！那次是我在惠生伯家以外，见到最多药材的一次了。黄连我是知道的，是很苦的一味药，平常药铺抓药时常见到，不外乎是清热解毒及治疗肝病之类的药物；栀子虽然也常见到，不过当时年纪实在太小，记不了这么多，不清楚用途。其实我当时很纳闷，为什么一次要进这么多药材，一整间房的药材要用到什么时候才用得完。不过这是大人的事，小孩根本一点也不用操心。

后来听大人说，那次的药材根本没有涨，他们直呼又白紧张了一次。而这一整间房的药材，最后是怎么消化掉的，我也不太清楚，只是有时药铺缺了药材，老爸就会要我们这群小鬼，端着脸盆到仓库里去装一些回来。一进屋的味道再熟悉不过，麻布袋的味道夹杂着药材特有的香味，虽然不像常用的辛香料有挥发精油的香气，不过对从小在药铺长大的我，气味也够迷人了。

端着装满药材的脸盆走回药铺，对小孩子而言，并不是一件轻松的事，总得小心翼翼，免得半路掉出来，要是一不小心撒了出来，家里的人总会知道。附近的三姑六婆不少，总有热心异常的婆婆妈妈去药铺说着："呀——你后生在半路捡药呀。"回去就又挨一顿骂。

每次到仓库装药材时，我总会感觉少了几袋，过了一阵子再进去时，又会少一些，慢慢地仓库里的药材愈变愈少，这大概是老爸的魔力，能把这一整间屋子的药材给消化掉。

最后一次到那仓库时，里面已经没有堆放药材，也闻不到药材的味道了，取而代之的是重新粉刷过的新墙面，还有新床铺和衣橱，贴在墙上的大大的红色"囍"字。一群小鬼挤在屋内看新娘子，看着远从宜兰嫁到南部小镇来的新娘子，也等着堂哥介绍我们这群小鬼给堂嫂认识。

药铺的这座临时仓库也就随着堂哥的成婚，正式成为历史，成为药铺成长过程的一部分。而这座仓库也随着时间慢慢地消逝在记忆中，再次想起时，一晃眼已过二三十年，它早已改建成透天厝，再也没机会闻到里面药材的香味了。

至于药铺有没有在当年的那次"机会"中赚到差价，我想应该是没有，因为我妈说，老爸这辈子都没有偏财运！

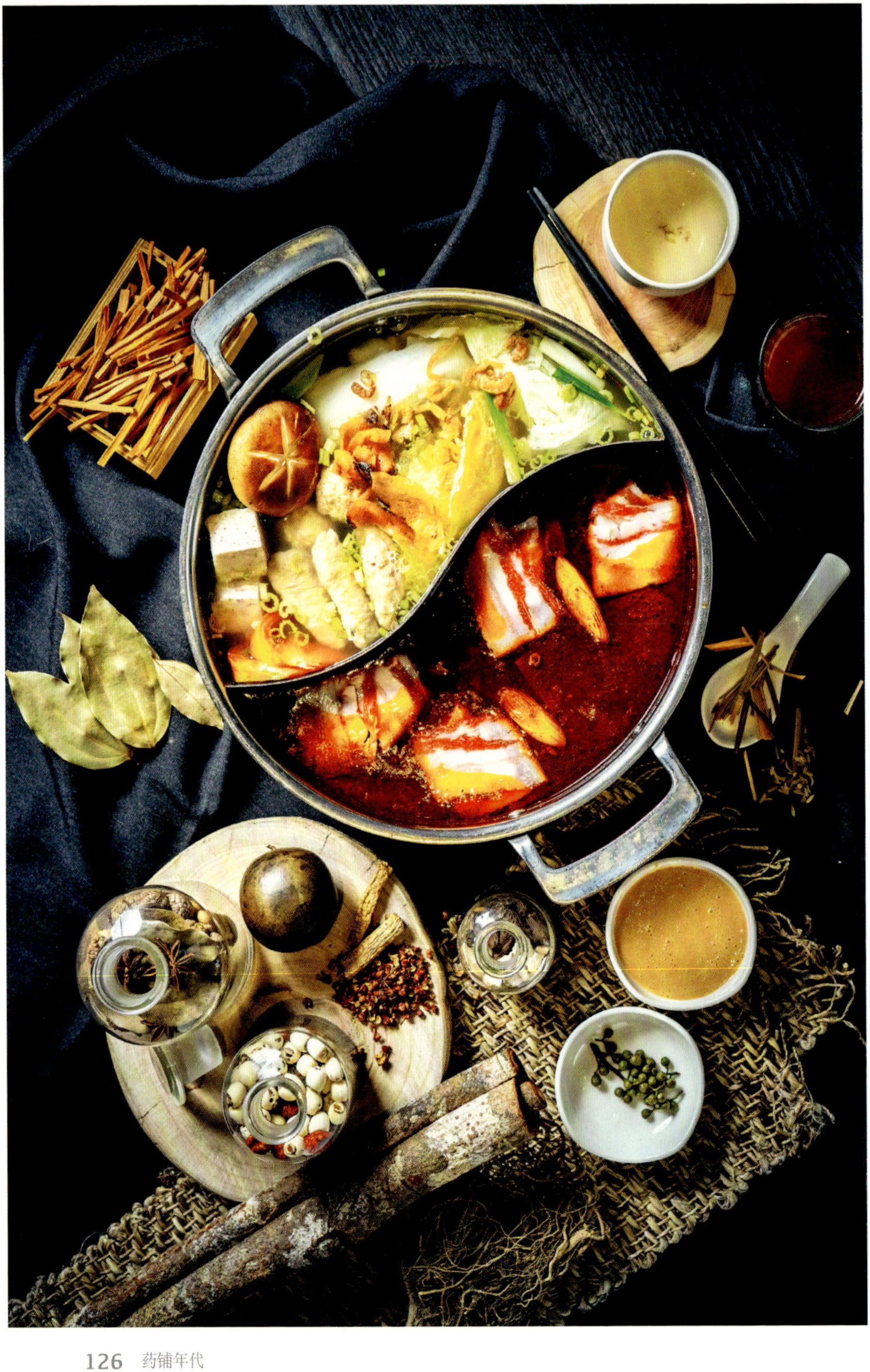

家庭版麻辣锅

药膳香料：肉桂8g、桂枝10g、白胡椒10g、八角8g、草果5g、白豆蔻3g、肉豆蔻5g、甘草3g、丁香3g、当归6g、川芎5g、山柰8g、香叶3g、小茴香10g、孜然3g、甘松香3g（上述用果汁机打成粗颗粒状）、大红袍花椒30g、灯笼椒70g、朝天椒50g

材料：郫县豆瓣酱500g、葱50g、姜100g、蒜100g、牛油300g、沙拉油200g、米酒50g、酒酿100g、冰糖50g

做法：
1. 将灯笼椒、朝天椒以热水泡软，沥干水分。
2. 将沥干水分的辣椒以果汁机或菜刀剁成糍粑辣椒备用。
3. 用冷水泡湿大红袍花椒，沥干水分备用。
4. 葱切段、姜切片、蒜头去膜。
5. 起一油锅，炸香葱姜蒜后捞起备用。
6. 放入糍粑辣椒，以小火慢炒，炒干水分直到辣椒香气散出。
7. 再入郫县豆瓣酱以小火炒香，炒出酱香味。
8. 放入沥干的花椒、米酒及酒酿小火续炒5分钟。
9. 最后放入香料、冰糖及炸过的葱姜蒜熄火静置两天即成麻辣酱。
10. 静置后的麻辣酱，以大骨高汤16升兑煮40分钟过滤。
11. 加入适量的调味料即成麻辣汤底。

TIPS 美味小秘诀

1. 花椒泡湿，可减少炒制时的苦味渗出。
2. 常温静置两天熟成，目的是要让香料及所有食材的香气融为一体。
3. 香料不炒制，只用油的温度将香气融入即可，并可减少因火候掌握不当而使香料苦味融出。
4. 若无法使用牛油，可换成猪油或其他油品，但香气的层次感会较弱。

老板，我要买台湾产的四物汤

老板——我要买"台湾产"的四物汤，早在以前，根本没机会听到这句话，若是听到，肯定会觉得不可思议。

不过这却是老药铺这几年常听到的一句话，我想别家药铺也不例外。数百年前，先人们从唐山渡过险恶的黑水沟，来到宝岛开垦，将中原药材，原原本本地带到台湾来。八十年代，当大陆变成世界工厂，几乎没地方能避开 Made in China 的产品，但许多人也开始对商品质

药铺里卖的材料，九成九都是外来的，甚至九成都从大陆来，如果想要买「台湾产」的四物汤，真的很难办到啊！

量抱持怀疑态度。

所以很多人在选购商品时，总是会看看后面的制造地，尽量不要购买大陆产制的商品，只坚持买台湾产。

来店里的客人中，总会遇到极少数的婆婆妈妈说，那家市场口的中药房卖的都是台湾产的四物汤，为什么你们家没有卖？会不会你家药铺的中药材，都是大陆产的？

当然这时，就要很有耐心并且非常有礼貌地回答解释，台湾每间药铺都跟我们家一样，几乎百分之九十的药材都来自大陆，却不代表不好，咱们家的药材可都是跟合法的贸易商或盘商进货，品质绝对有保障！

而且说真的，目前市面上根本买不到台湾本土产的四物！原因很简单，不是这药铺不卖，而是台湾根本没有栽种，既然没有栽种，何来正港[1]台湾产的四物汤呢？

台湾产药材：当归、菊花、红枣等

台湾目前的中药材大概百分之九十都是大陆栽种及加工的，再来是东南亚所产的，只有极少部分是本地产或从其他地区来的。

1　闽南话中，意为地道的、正宗的。——编者

虽然近年来，农政单位或民间企业有在推广栽种部分适合台湾气候、土壤，有经济价值的中药材，不过毕竟种类极少且产量也不够多。

细数台湾本土产的中药材，有经济规模的，连最基本的四物（当归、熟地黄、芍药、川芎）都找不齐全，只有当归在花莲及屏东有比较大面积的种植，相对于台湾目前的用量，只是杯水车薪，套句俗话："生吃拢不够了，哪有剩下晒干？"姑且不谈论药效是否合适当药用，由于产量少，一般仅作为食材使用，少部分用于目前很热门的生技产业加工，其他根本没机会流入药材市场，且台湾产的价格常是大陆产的价格的数倍，更遑论还有很多台湾不产的药材了。

原因无他，因为台湾地理环境和气候因素，多数药材并不适合种植，虽然有部分药材适合，也因缺少有关单位的技术研究及推广，没有大规模的栽种，加上台湾工资昂贵，以至于今日只有少数药材稍有经济规模的产出，如当归、菊花、红枣等。虽然还有一些也适合栽种，但因没有价格上的优势，普遍来说，人们的栽种意愿不高，这也是目前为什么还看不到大量中药材栽种的主要原因了。

通常如此解释后，大多数婆婆妈妈都能接受，也不会再坚持买台湾产的四物汤了。其实四物汤药材在任何一家中药房都可买得到，只要是合法购买，经过合格检验程序，对消费者也就有保障。若是有药铺标榜中药材都是"台湾生产"的，就要格外小心，在台湾连要找"台湾加工切片"的药材，都愈来愈少，若是药铺为了迎合你，说自己的四物是台湾产，也奉劝千万不要买，因为他若是为了要赚你的钱，连一帖几十元的四物汤都会欺骗，难保其他更贵的中药材不会有问题。

其实台湾农业人才很多，改良及种植技术也是一流，若是能利用原本已经闲置的农地，整合部分适合且具经济收益的中药材或中式香料作大面积的栽种，靠着优良的改良技术及成熟的农业经验，一定会有番不一样的作为，这不仅可稍稍补足部分需求，也可活化闲置的农业用地，更可保障中药材的品质及增加农民收益，一举好多得，岂不美哉！

所以，真的买不到台湾产的四物汤。"小姐麦搁问丫——我毋骗你啦——"[1]

1　意思是"小姐不要再问了啊，我没有骗你"。——编者

132　药铺年代

四物汤

药膳香料 当归三钱、熟地黄五钱、芍药二钱、川芎三钱

做法
1. 将药材过清水，洗掉灰尘。
2. 起一锅，加入500ml 的水（约两碗半）。
3. 放入药材开火，煮滚后转小火续煮约30分钟。
4. 熄火，滤出药渣，煮到汤汁约剩一碗水量即可。

备注：也就是传统药铺在煎剂上所说的，两碗半水煎成一碗的意思。一钱 = 3.75克。[1]

TIPS 美味小秘诀

1. 四物汤无油脂，熬煮时，可以加一块排骨，通过排骨的油脂来温润药材的苦涩，并在最后放一点盐来调味与提升口感。
2. 也可以加上鸡肉一起熬煮，可参见171页。

---

[1] 此为台湾中药行业的换算标准。下同。——编者

生化汤七帖

> 大人说，刚生产完一定要喝七帖生化汤，若是小产，通常只喝三帖就可以，因此『生化汤七帖』，就成为新生命的代名词了。

每次看到那棵桑葚树，就会想起一篇课文。

记得小学曾经念过一篇课文，忘记是几年级的事了，大意是从前有一户人家，只有母子两人相依为命，家里很穷，买不起食物，当儿子的就会到树林里采摘桑葚回来果腹，儿子很孝顺，总是把黑色的、成熟的、尝起来甜滋滋的桑葚留给妈妈吃，自己都吃红色的、味道很酸的桑葚。我想这一篇课文，应该是想勉励我们这些当子女的要孝顺父母吧！

桑葚树与妇产科，从极盛到消失

以前在春末临近夏季的季节，只要走过那条小巷子，一定会抬头看看桑葚变黑了没。一见到成熟的桑葚，二话不说，马上给它摘下来，往嘴里送。哪有黑色的留给妈妈，自己吃红色的道理？等到红色的桑葚过两天变成黑色的时候，再来采不就得了，为什么非要这样虐待自己？真想不透，当时课本上的那个小男生，为什么不采成熟的桑葚，这样不是皆大欢喜吗？

小时候老家前的那两座大粮仓旁边，有一条极小的巷子，桑葚树就长在小巷子里的那几户人家的围篱旁。里面住了哪几户我早已忘记，只记得住在最里面的那户人家的孩子，是我小时候的玩伴之一。他家很破旧，房子里的地板不是水泥地而是泥土地，外头的围篱内，堆满了日常要煮饭及烧热水用的木柴，家里甚至连煤球都没有！虽然我家也没用过煤球，不过附近还有几户人家，是用煤球煮饭烧开水的，所以都还见过。

那条小巷子通往迎接新生命的地方，一路走到底，就到大马路，巷子口有家妇产科医院。记忆所及，那时的产婆，也就是到府帮产妇接生的那一种行业渐渐式微，至少在我居住的这个城市如此。附近多数的妈妈都到这间妇产科医院来生产，当时这间妇产科医院应该算是颇具规模的，三层楼高，除了一般的门诊、接生小孩，还备有病房。

到了巷口，左手边就是这家妇产科医院了。大门前，有一棵很高的椰子树，前面是停车的地方，不过我只进去过一两次，记忆模糊，只记得有一股医院特有的药水味，所以小孩都不喜欢往里面跑，况且那里也不是小孩玩耍的地方，对当时的我们来说，还是巷子的那棵桑葚树比较吸引人。

药铺"一级战区"，很少人能抵得住时代的巨轮

马路的两旁各有几家中药铺，对面那家是我伯公开的，再过去几间，就是鼎鼎有名的龙山寺。龙山寺刚好和路另一头的妈祖庙遥遥相对，两家庙宇的香火都非常鼎盛。妇产科出来右手边的那家药铺，是我小学同学家，所以要是从家里附近的那间"关帝爷爷的家"算起，方圆百米内，连同我家大概有十家中药铺，也算是凤山药铺界的"一级战区"！只是随着时代的演变，药铺在现在人们心中的角色，不再像以前那般重要了，有几家挨不过时间的摧残，已歇业或搬离当地，到其他地方另谋发展。像我伯公家，全盛时期在凤山有三家药铺，现已歇业两家，剩下一家也搬离当时发迹的福地，隐身在一家服饰店的后头。我小学同学家的药铺也歇业了，这些都是有六七十年历史的老店，而我家则是因道路拓宽及其他因素也搬离了，现在附近零零散散地只剩下五家中药铺，当年的盛况已不复见，只能说时代的巨轮威力实在太大，让一些老店、老产业招架不住。

我家的兄弟姊妹好像都是在那一家妇产科医院出生的，不为别的，只是因为近，走路三两步就到了，待产时根本不用到医院。只要我妈觉得快生了，带着盥洗用品，再走路过去就可以了，两三天以后，家中就会多出一个小"恶魔"，就这样不出几年，家中一连出了五个小孩。

我小时候，三不五时，就会见到挺着大肚子的孕妇，手里端着一个脸盆，里头装着盥洗用品，独自一人，往小巷子走去，到妇产科医院去待产生孩子，鲜少见到有人相陪的。通常是两三天后，才会见到有人从小巷子走出，帮忙抱小孩，或是帮忙提着原先带去的盥洗用品，当然也有人从头到尾都是自己一个人，独自生产，独自离开。我常想，当那些孕妇走过那条小巷子时，应该也会看到那棵桑葚树，不过她们应该不会像我一样，抬起头看看桑葚是否变黑了，再随手摘下一颗往嘴里送，因为生小孩比这事重要太多了。

辑二　总铺师的菜单

可能当时我住的地方是"旧部落"[1]，记忆中以前也没听过什么陪产的事，大家都比较穷，忙着为三餐打拼，或者家中还有其他的小孩要照顾，顶多是等即将要生产之时，或是已经生完小孩了，再前往妇产科医院探视，或是要出院时，帮忙抱新生儿回家。

怎么坐月子呢？从自熬补药到专人服务

家中多了一位新成员后，第一件事大概就是到药铺来抓生化汤。"生化汤七帖"是最常听见的，喝完生化汤后，又是一连串黑黑汤汁的进补。以前上药铺买生化汤，几乎都是婆婆妈妈，少有年轻人自己上门购买，后来渐渐有先生来帮太太买，不过毕竟是少数。以前多是婆婆帮媳妇坐月子，或是妈妈帮女儿坐月子，不像现在还有专业的月子中心，或是专人送餐点到府的服务。

小时候我就一直听大人说，刚生产完一定要喝七帖生化汤，若是小产，通常只喝三帖而已，因为小产的恶露较少，三帖便足够。"生化汤七帖"成为新生命的代名词，上药铺来买七帖生化汤，也算喜事一件。

不过因为以前没有节育观念，小孩生得多，往往生育期拉得

---

1 此处指"传统的老社区"。——编者

比较长，有时大儿子已经结婚生子了，晋升阿嬷的妈妈也还在生小孩，所以常有叔叔年纪比侄子还小的状况，就如同我家几个堂兄姐的年纪都比我最小的叔叔年纪大。我阿嬷在坐月子的时候，我家大伯母也同时在坐月子，好在家里是开药铺的，生化汤及坐月子调理身子的补汤一样也不缺，但毕竟物质生活并不富裕，坐起月子来，也只是尽力而为。

现在坐月子比以前讲究多了，大家普遍小孩生得少，坐起月子也就格外用心。除了妈妈或婆婆帮忙，还有专业的月子中心可供选择，若要在月子中心享受五星级服务，更是要早早预约，要不然不一定有房间可以提供。虽然要价不菲，却也花得心甘情愿，只为了享受专人服务的尊荣。若是不想花大把钞票在月子中心，又不想自己动手做料理，还有专门提供月子餐到府的服务，甚至还有营养师，做产后调理的专业咨询，帮产妇减重，恢复怀孕前曼妙的身材。一样都是坐月子，从以前到现在，时代的变化不可谓不大。

时代的进步连带地也冲击到巷子里的那家妇产科医院，一来出生率变少，再来是设备变旧了，上门生小孩的妈妈也少了，最后也跟我同学家的药铺一样歇业了。有阵子经过时，发现它变成了老年安养中心，外观并无太大变化，但从"初生"到"终老"，转型也未免太快太大了。

小巷子的桑葚树没了,玩伴的家变成了"贩厝",大粮仓成了好乐迪,同学家的药铺成了一般住家,连为人接生的妇产科医院也歇业,经过时一切都不一样了,就连生小孩坐月子的方式也改变了。不过无论时代如何转变,唯一不变的是"生化汤七帖",仍旧是新生命的代名词。

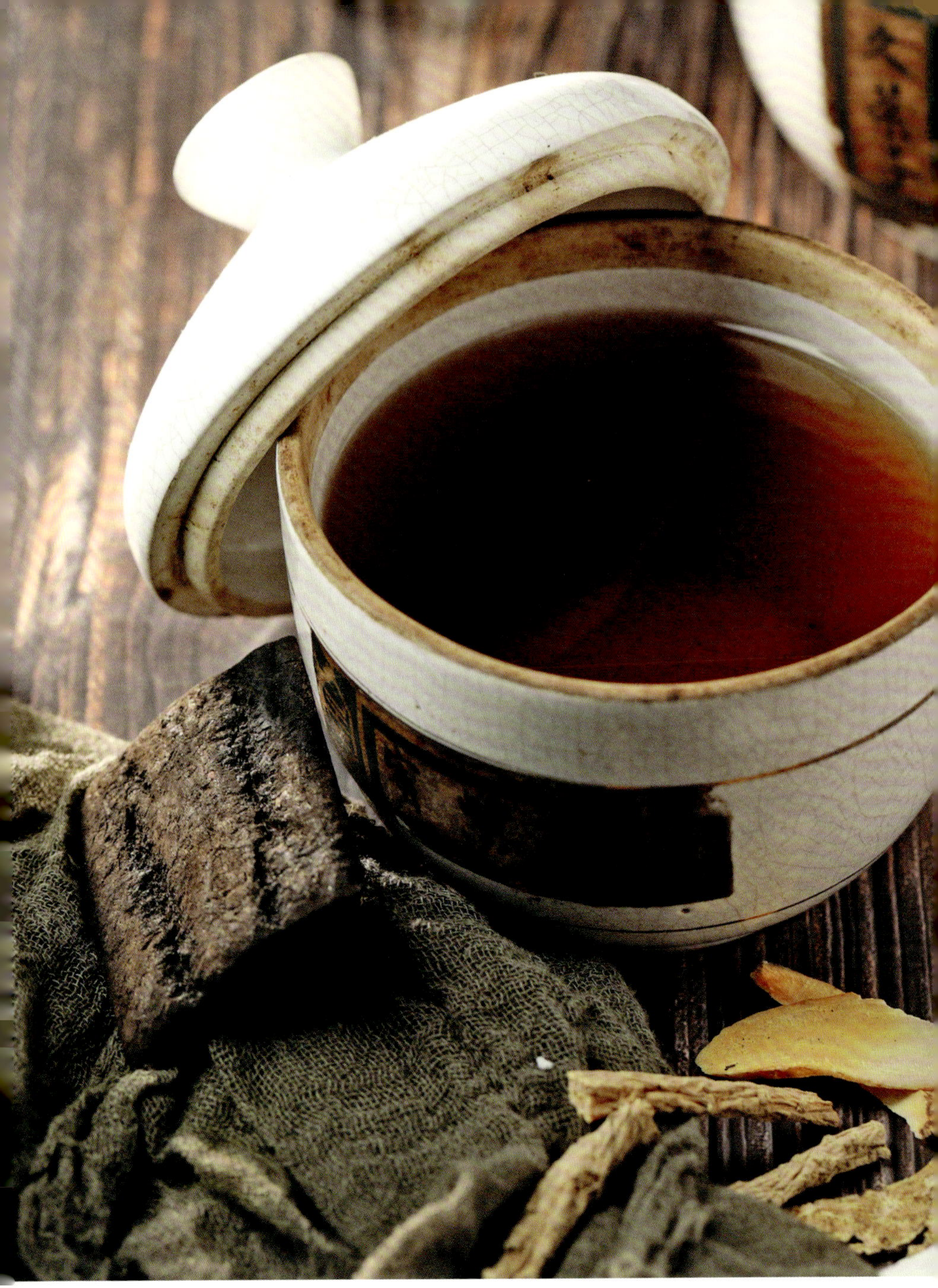

生化汤

药膳香料：当归二钱、川芎三钱、桃仁一钱、黑姜一钱、炙甘草一钱、益母草三钱

做法：
1. 将药材过清水，洗掉灰尘。
2. 起一锅，加入500ml的水（约两碗半）。
3. 加入药材开火，煮滚后转小火续煮约30分钟。
4. 熄火，滤出药渣，煮到汤汁约剩一碗水量即可。

备注：一钱 = 3.75克。

TIPS 美味小秘诀

目前所使用的生化汤，和典籍里的固有成方相比，均有调整与增减，各家都有自己的配方。

弥月蛋糕

一天店里来了位陌生人，原以为是和寻常一样上门抓药的客人，可他一进门脸上堆满笑意，手里还提着礼盒，问明缘由后，才知道原来这先生大约一年前曾来过店里，上次是夫妻俩一起来的，由那位在兵仔市卖鱼货的大婶带来，这次来则是因为家里添了一位新成员，带上弥月礼盒，和大家分享喜悦。

兵仔市很特殊，几乎二十四小时，全天候都有不同的商家或摊贩在营业。这位卖鱼的热心大婶，带着求子若渴的夫妻到药铺来，拿了方子，顺利达成生子的心愿。

兵仔市的人情味

之前他们夫妻俩，一直都没生小孩，倒不是因为不喜欢，而是一直无法如愿以偿。曾到医院做过检查，一切没问题，医生说大概是工作压力太大，所以无法顺利受孕，也试过中药调理，还是没消息，甚至做过人工受孕，都没成功，这一直困扰夫妻俩好多年，也急坏了双方家长。

后来女方的妈妈到市场买鱼，由于双方熟识，卖鱼的大婶问起，女儿结婚好几年有没有生小孩。这时担心的妈妈，才娓娓道起这段时间所经历的一切。卖鱼大婶马上表示，她女儿之前也有同样困扰，经过几周中药调理后，就顺利受孕生子了。

当妈妈的永远替子女担心，听到这段话后，总认为值得一试。卖鱼大婶还自告奋勇要带他们去那家中药铺抓药，夫妻俩和大婶约定好时间后，就出现在我家店门口了。由于年轻夫妻不好意思开口，当时还是大婶替他们说明来意。

这位卖鱼大婶很热心，她一直都在兵仔市场做鱼货批发及零售生意。为什么叫"兵仔市"？因为早年凤山地区军校多，军营及部队也多，当时并无军队副食中心，附近相关部队的阿兵哥，总会一大早开着军用卡车，来这里采购一天三餐的食材。附近部队需求量大，再加上周边乡镇的传统小市集摊贩也都会来这里采购食材，回去再分装零售，在集市效应下，批发市场愈做愈大，每天都可以看到一群又一群的军人，久而久之就习惯称呼这市场为"兵仔市"了。

兵仔市很特殊，几乎二十四小时，全天候都有不同的商家或摊贩在营业。它就坐落在凤山最热闹的中山路段，后面一整片的地方，白天是百货商家，入夜后会形成另一种小吃夜市，成排地摆在马路两旁，大约一百多摊。小吃营业至半夜后，紧接着批发市场又上市了！有时小吃摊贩营业至天亮，就会看到后面的商家开门营业，商家前的小吃摊也在营业，小吃摊前面又有卖菜卖水果的在吆喝叫卖，同一地点、同一时间、同一商家前，三种不同的营业模式同时发生，真是奇妙！不过自从兵仔市变成零售市场后，这种现象愈来愈少见，顶多逢年过节才有机会再见到。

大婶珍藏的生子药方

不过这调理药方，可是卖鱼的大婶带来的，针对女性身体调理。她女儿同样也结婚好几年，一直没消息，其间做过检查，找过医生，问过神佛，努力了好几年，都事与愿违。有一天卖鱼大婶不知道去哪里找来的药方，只说是别人介绍，还蛮有效的，想试一试。而这调理药方看起来并无珍贵药材，都是一般常用品项，价格也不贵，煎服法也没有特殊之处，所以抓了四帖药，跟她说明煎服法及饮用时机，她也就回去了。

可能是夫妻俩的生活作息调整得当，加上工作压力有适当纾解，也许是神明保佑，又或是调理药方真的发挥了效用，加上时间抓得刚刚好，总之顺利怀孕生子，大婶如愿当了阿嬷。

以同理心，分担婆婆妈妈的烦恼

当军队副食品中心成立后，阿兵哥就不再到兵仔市采购了，加上市场的批发生意迁移至另一个较大的新地点，原来热闹非凡的批发市场一下子冷清不少，后来就变成一般的零售市场。而零售市场的一大特色，就是婆婆妈妈变多了，在市场上做生意，大家彼此交易久了，也就慢慢地熟识，遇到年纪相仿的，有时话匣子一开，家里的大事小事也都会搬出来讲。要是遇到和她之前有一样困扰的人，卖鱼大婶总会热心介绍有这么一帖调理药方，有时会亲自带他们前来，有时是自己跑腿来抓药。几年下来，真的有为数不少的人，经由大婶的介绍，前来抓这帖调理药方。

因此，在卖鱼大婶代为说明来意后，我们抓了四帖药方，说明了煎服法及饮用时间，交代了基本的注意事项，如基础体温，算排卵期及饮食上的基本要求，并建议不妨去度个假，纾解一下工作压力，以及在对的时间做对的事。只有单纯调理并不就有效，人们也总不能像武则天的母亲，一天夜里梦见一条龙，不小心喝到龙的口水，第二天就怀孕。

一年后再见，我们想起了当时的往事——热心的卖鱼大婶，成就了一对夫妻多年来梦寐以求的愿望。卖鱼大婶能够以同理心，理解跟她买鱼的婆婆妈妈们的烦恼，意外让她成为夫妻俩的贵人，也让我们分享到这对夫妻的喜悦。

这份弥月礼盒吃在嘴里，感觉分外甜，有甜入心的感受。

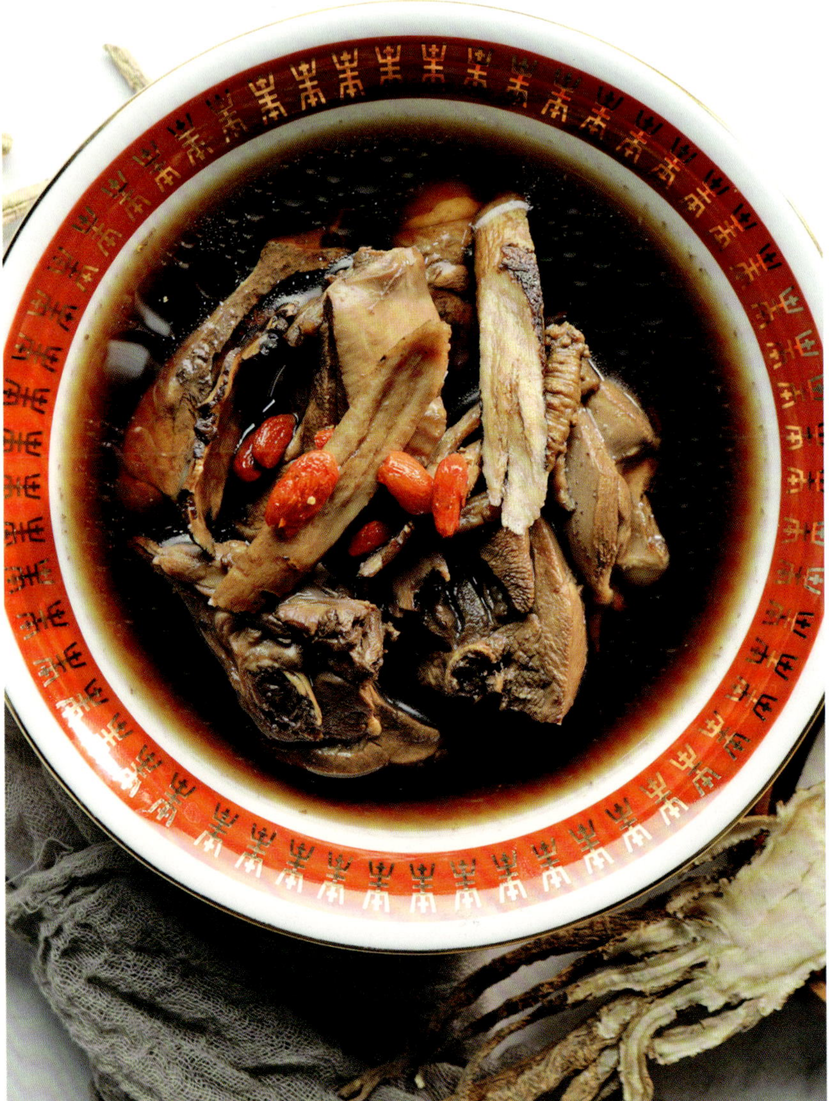

弥月十全鸡汤

药膳香料：党参7g、白术9g、茯苓12g、甘草3g、当归7g、熟地黄15g、芍药6g、川芎6g、肉桂3g、黄芪10g（枸杞15g、首乌9g）

材料：
土鸡一只
米酒一瓶
水2500ml

做法：
1. 鸡肉剁块汆烫备用。
2. 起一锅水，放入鸡肉、十全药材、米酒（留一小杯备用）、适量的盐。
3. 煮滚后转中小火续煮约20分钟。
4. 加入备用的一小杯米酒续煮10分钟，用盐调味后即可熄火。

TIPS 美味小秘诀

1. 米酒分两次下锅炖煮，可减少米酒的使用量，以一瓶创造出有如使用了两瓶的浓郁香气。
2. 可将鸡肉换成各种想品尝的食材，如红蟳、排骨、甲鱼、鳗鱼等。
3. 发奶汤品不能与参类同补，因此将十全药膳中的人参换成党参。
4. 药膳材料括弧内的枸杞、首乌为加减方，可加可不加。

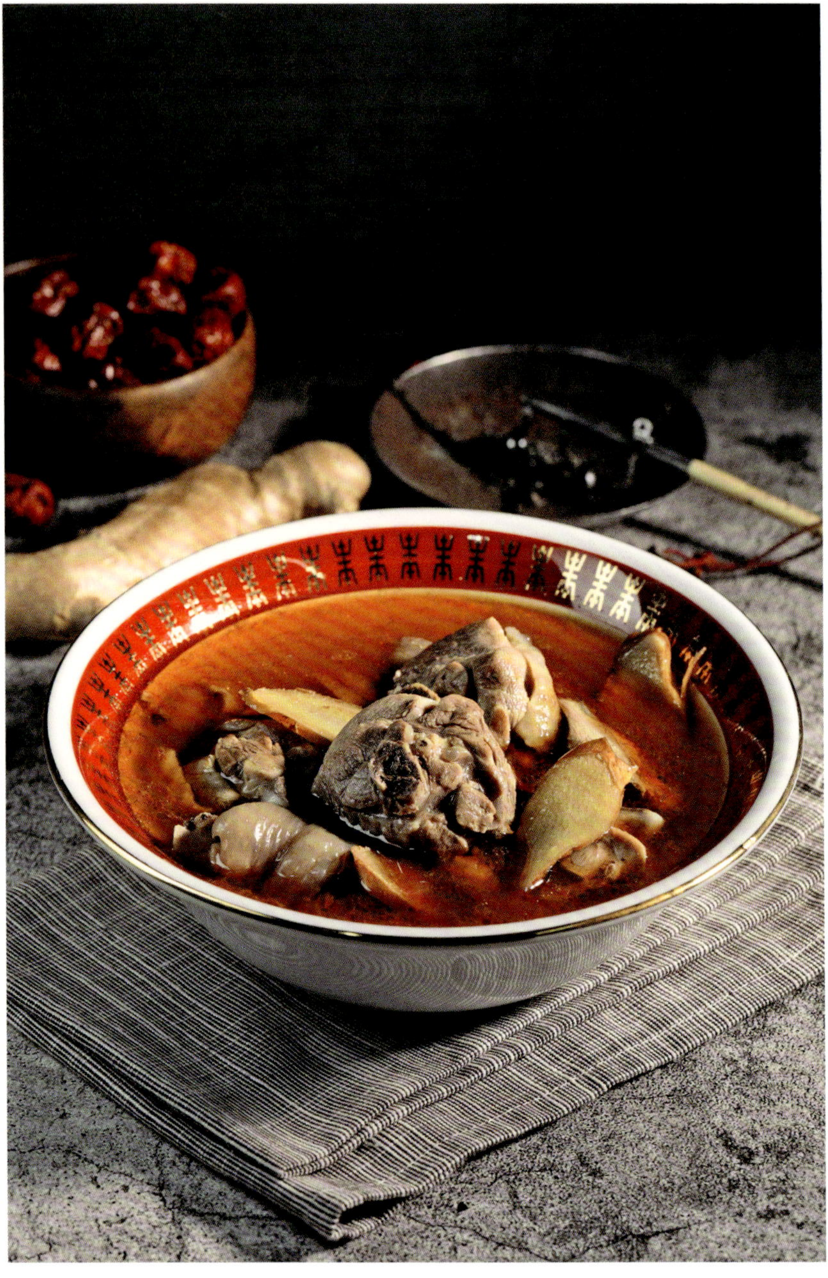

弥月麻油鸡酒

材料
土鸡一只
老姜50g
黑麻油100g
米酒一瓶
水2500ml

做法
1. 鸡肉汆烫，老姜切片，备用。
2. 起油锅，用黑麻油以小火煸香姜片至微焦黄。
3. 起一锅水，加入煸炒过的姜片、黑麻油、鸡肉及米酒（留一小杯备用）。
4. 煮滚后转中小火续煮约20分钟。
5. 加入备用的一小杯米酒再续煮10分钟，用盐调味后即可熄火。

TIPS 美味小秘诀

米酒分两次下锅炖煮，可减少米酒的使用量并使汤品拥有浓郁香气。

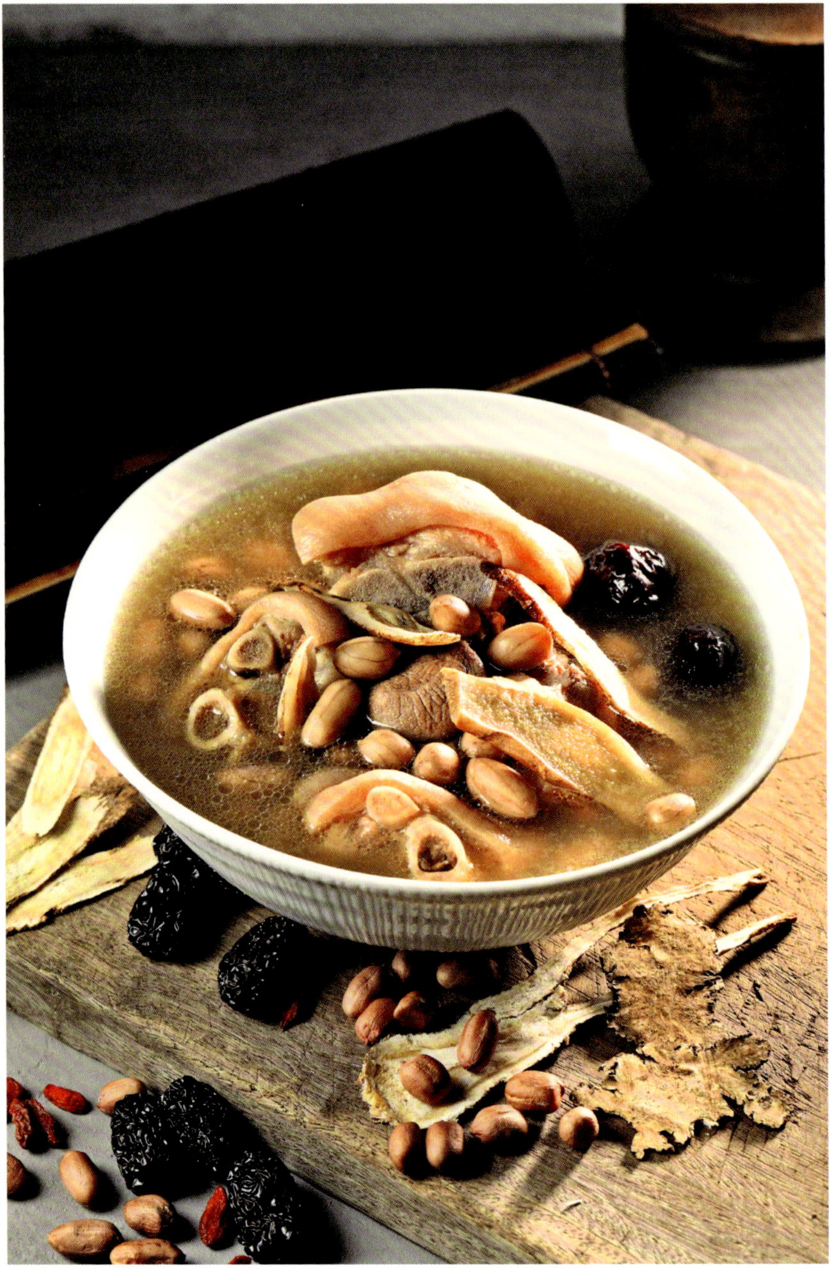

发奶汤品——花生猪脚汤

药膳香料：黄芪10g、黑枣5粒、枸杞15g、当归8g、川芎8g

材料：
猪脚一只
干花生300g
米酒半瓶
水3000ml

做法：
1. 干花生前一夜泡水备用（至少8小时）。
2. 猪脚剁块余烫备用。
3. 起一锅水，放入猪脚、花生及除了枸杞外的药膳材料，倒入米酒（留一小杯备用）。
4. 煮滚后转中小火续煮约110分钟。
5. 加入枸杞及备用的小杯米酒，续煮10分钟后，用盐调味即可。

TIPS 美味小秘诀

1. 枸杞熄火前再下，可保持汤头清澈。
2. 米酒分两次下锅炖煮，可减少米酒使用量并使汤品拥有浓郁香气。
3. 若有预先泡制的当归枸杞酒，盛碗时滴入更可增添风味。
4. 花生炖猪脚是早年常用的发奶汤品。
5. 发奶汤品忌与参类同补。

帮大家进补

在台湾，各种行业大概都有淡旺季之分，传统药铺也不例外。通常秋冬时节是药铺较忙的时候，春夏就比较空闲了，而旺季中又以立冬到冬至特别明显。倒不是说这段时间，大家比较容易生病，而是在传统习俗中，有"补冬"的习惯，趁着正式进入寒冷的冬天时，好好调养身体，以便能以强壮身躯，抵抗寒冬的侵袭。

你们家每年冬至或立冬还有在『补冬』吗？
我想这答案，大部分应该是否定的吧！
即使有，大概也只是应景，
但我家依然保有传统，因为我家是开药铺的！

以前，冬令进补是家家户户的习惯

从前，冬至是一个非常重要的节气，冬令进补几乎是家家户户都有的习惯。到熟识的药铺抓一帖十全大补汤，或在市场口买上一帖已配好的药膳包，回家炖鸡炖排骨，几乎是年年要上演的连续剧。

小时候，每到冬至前，家中的药铺就像打仗似的。为了要应付冬至可能忙不过来的盛况，老爸总要预先将会使用到的药材，该切的、该捣的处理好，又在自家骑楼下，架上一块四尺乘八尺的大木板，上面铺上十几二十张包药材的纸，把预估今年要出售的药膳包，依照价格事先包装，每每总要重复个一二十次才包得完。

当时，每年冬季光是应付冬至需求，一季抓个两三百帖药膳是常有的事。

这种盛况在八九十年代达到高峰，一来正值台湾经济起飞，人们收入提高，对于冬令进补这档子事，花钱不手软，相对于更早之前，虽然也重视冬至，但当时物资不充裕，进补也就相对简单些；二来当时外食并不如现在普遍，加之提倡"爸爸回家吃晚餐"，且家庭成员多，许多家庭每天都开伙，对于冬令进补也就格外重视了。

以前冬至到药铺购买进补药膳，价格常是三五十元，顶多就是一两百元。但经济起飞后，这种现象就明显改变了。家里经济条件较好的，一帖药膳三五百元，有些更讲究的，一帖药膳一两千元。

为什么要吃这么贵的药膳？因为有钱嘛！药材要讲究、特别一些，多加点人参、鹿茸、冬虫夏草，也就不足为奇了，往往药材的价格比食材的要贵上好几倍。

虽然台湾经济起飞，大家生活也渐渐改善了，餐餐大鱼大肉也不算少见，但其实在底层的贫穷人家，冬令进补还是有点困难，只顾平日三餐勉强还过得去，对额外的补冬就显得囊中羞涩。

那几年的冬至，每年都很忙，忙着抓进补药膳材料，但只是老爸一人在忙，当时我们都还只能当当小帮手。忙是忙，他也关心到有群人，对于冬令进补这习俗是极重视的，只是不方便而已。

赞助药材给大家补冬

记得有年冬至前一个月，老爸出现在凤山公所里，把地区内的低收入户名册全影印了出来，并把每户的姓名、地址贴在明信片上，投入邮筒里寄出，请大家务必在冬至前，到小店带回一帖十全大补药膳，给大家补补冬。那一年多准备的三百多帖药膳，是老爸的一点小心意。

由于那年准备的药材多，相对的冬至前的进货量也比往年多些，不知情的中药盘商，以为我家这年的生意特别好，纷纷打听到底是用什么办法，才让生意倍增。于是，老爸只好一五一十地把实际情形跟几位熟识的盘商说明，并不是生意特别好，只是想对社会尽一份心。

没错，就是赞助！有听过赞助礼品奖金之类的事，就是没听过赞助药材的，但他们真的是要赞助药材。当盘商们听过这件事后，纷纷表示，若是隔年要继续"帮大家补冬"，他们也要一起赞助，让事情办得更顺利些。其实，这些药材对盘商来说，不过九牛一毛，重要的是，大家对这事都很热心。

无奇不有的时代，我家老爸的创举，号召上游同业来响应，不称作冬令救济，称作"帮大家补冬"，救济不好听，进补比较不伤人自尊。

有了热心的药商当后盾，隔年"帮大家补冬"活动就办得更顺利了。老爸早早将公所的低收入户名册影印出来，造册后，逐一检查核对，再将通知用邮件寄出。他还特别提早在骑楼下架起大块的三合板，将"当、地、芍、芎、参、术、苓、草"和黄芪、肉桂，凑成十全大补，再加上了几味滋补药材，事先将所需药膳包装好，以免到时手忙脚乱，让人等待，就真不好意思了。

其他人赞助的白米，还有募来的为数不少的二手衣，都事先整理挑选过，由于东西数量过多，药铺前的空间不敷使用，便商借了隔壁的一间空屋，充当临时放置地点才能勉强应付。往后几年，小药铺总是特别热闹，大人们也忙得特别开心，也算是一种另类的生意好到爆的盛况！

"帮大家补冬"的活动，一办就连续办了好几年，直到有人专程开着私人轿车来带回这些补冬药膳，也有人认为大老远跑来才带回这些东西，不划算！于是，这活动便不再继续办下去了。

那年正是大家口中所说的"台湾钱淹脚目"的时代[1]。

冬至的味道愈来愈淡了

进入九十年代后，人们几乎时时刻刻都在"补"，只有营养过剩的烦恼，没有营养不够的问题，再加上饮食文化与家庭人口结构的改变，以往人口众多的大家庭，逐渐转变成小家庭，家庭中双薪父母变多，饮食就由在家开伙，变成三餐在外。

为了应付庞大的外食人口，街上的养生药膳、麻辣锅、姜母鸭、药炖排骨……一家家地开，每一家都强调养生料理、滋补强

---

[1] 钱多得淹过了脚脖子。多指台湾经济起飞后的1980年代。——编者

身,随时随地都可以"补","补"这件事变得非常简单,轻松就可以实现,不一定非得等到冬至才行。

冬至的味道就愈来愈淡了,淡到忽然有一天,打开电视机,看到食品业者的广告,"冬至圆,吃汤圆",才惊觉一年又过去,而冬至仅仅变成二十四节气里平常的一个,不再是以前需要"补冬"的重要日子了。

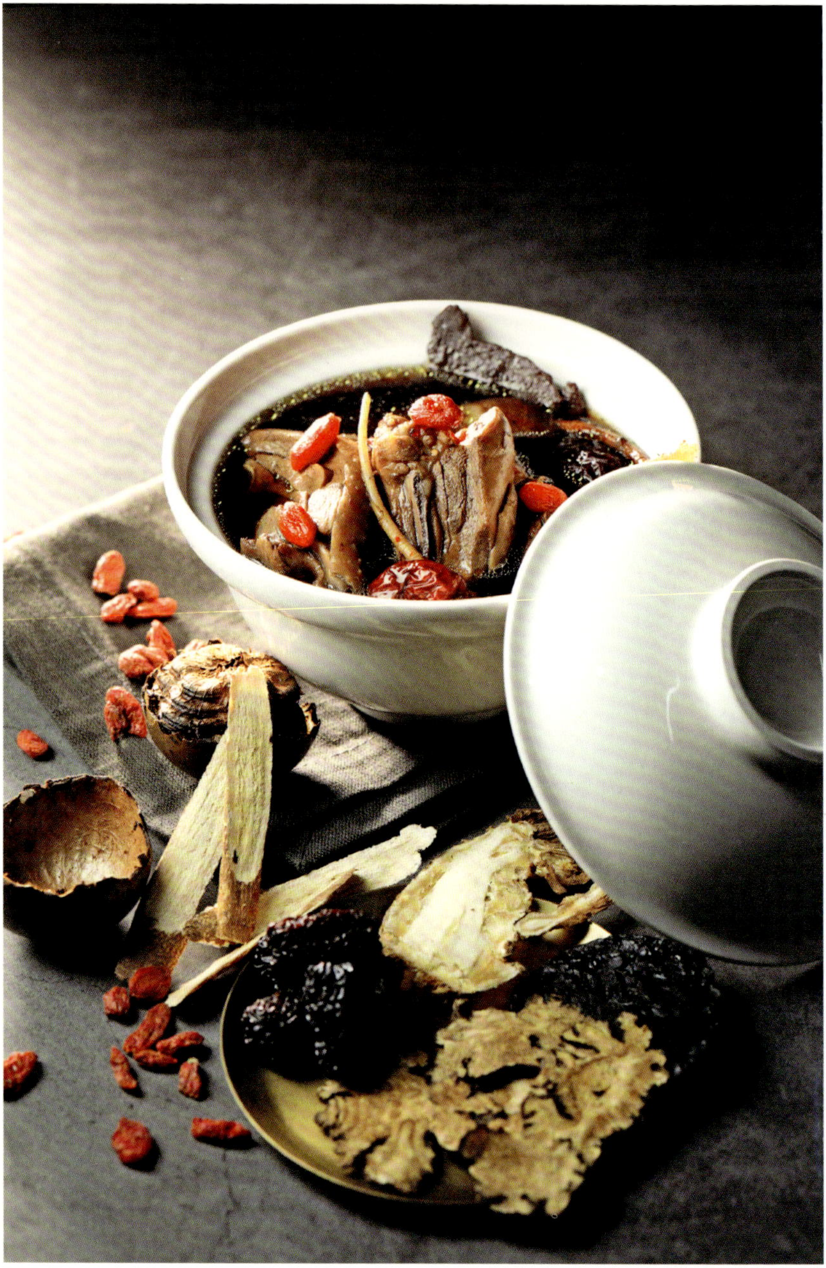

超级补冬大补帖

药膳香料 人参7g、白术9g、茯苓12g、甘草3g、当归7g、熟地黄15g、芍药6g、川芎6g、肉桂3g、黄芪10g、枸杞15g、首乌9g（西洋参7g、冬虫夏草5g、龟鹿二仙胶1块）

材料 大土鸡一只、干香菇8朵、米酒一瓶、水2500ml

做法
1. 鸡肉剁块汆烫备用。
2. 干香菇泡开，香菇水要留用。
3. 起一锅水，放入鸡肉、超级大补帖药材、泡发好的香菇（含香菇水）及米酒（留一小杯备用）。
4. 煮滚后，转中小火续煮约20分钟。
5. 加入备用的一小杯米酒及龟鹿二仙胶，续煮10分钟，最后以盐调味即可。

TIPS 美味小秘诀

1. 米酒分两次下锅炖煮，可减少米酒的使用量并保留米酒香气。
2. 龟鹿二仙胶也可以最后入锅，煮化开即可。
3. 可将鸡肉换成各种想品尝的肉品，如红蟳、排骨、甲鱼、鳗鱼等。
4. 药膳香料里的西洋参、冬虫夏草、龟鹿二仙胶较为昂贵，此为加减方，可放可不放。

总铺师的菜单

以前如果看到师ㄟ[1]来家里找老爸，大概就知道他又要帮人办喜宴了。

师ㄟ是一位总铺师，每当他要办桌或出新菜色的时候，就会到家里，请老爸帮他工整地誊写一份菜单，送到喜宴主人家，当作正式的菜单参考。

师ㄟ老爱说他以前当学徒的事，那时总铺师常只带汤勺及菜刀两样工具就出门了。他很怀念当年老爸帮他誊写菜单，替他搭配药膳香料，聊天喝茶的日子，我们家亲戚姊妹的婚宴也都出自他手。

1　"ㄟ"为汉语注音符号，发音相当于汉语拼音韵母"ei"，此处用在人名中，故保留这个写法。——编者

困难的时代，左右了他的人生

他跟我老爸，大概有四十几年的交情，从小是玩伴，只差没穿同一条裤子长大。当时经济状况普遍不好，出生在抗战前后的父执辈，很多都没机会接受教育，家中有农活的小孩，上学更是奢想，只能留在家中帮忙，别说是那一年代的小孩了，即便到了我出生的六十年代，认识的朋友当中，还是有些没机会受教育，也都是家庭因素造成的。

师ㄟ出生在日据时代，从小就留在家中帮忙，没受过教育。等到大一些时，外出当学徒，跟在外烩厨师，也就是总铺师身旁，从最基础的事情做起，帮忙洗菜、切菜、端菜、洗盘子，样样都来，就是没机会碰到总铺师的那根汤勺。

师ㄟ虽然不识字，但经过几年的努力，一般常用的蔬菜、肉类及调味料，他自然有了自己的记录书写方式，倒也难不倒他。可正式"出师"当总铺师的时候，又不一样了。接喜宴的场子，和主人家谈定好价格后，总铺师通常要提供宴会菜单给对方参考。于是师ㄟ就找到老爸，只要有喜宴的菜单，一定会请我老爸帮他誊写一份，好让他将菜单送到主人家去。

也因为当时的物质生活不像现在这般富裕，难得吃上一顿大餐，总要补一下，所以当时喜宴的菜色几乎都会有一道药膳，不管是刚开始的药膳甲鱼、药膳鳗鱼再到后来的四物鸡、人参鸡……都缺不了中药材，因此我家也顺理成章地成为师ㄟ的药材供应商。

这誊写菜单的工作一直持续到师ㄟ的小孩上中学后，才换他孩子接手，后来师ㄟ的小孩到外地工作，没人帮他誊写菜单，才又换回我老爸来帮他誊写。由于师ㄟ住在附近，即使不外出办喜宴，也常会上门来，串串门子，只要经过药铺，他几乎都会停下来聊两句。

切菜声、煮沸声，还有时代的脚步声

师ㄟ老爱说他以前当学徒的事，他说那时台湾刚刚光复，跟着师父东奔西跑到处办桌，有时接了喜宴场子，要帮主人家打理一切食材采购及菜肴料理，若是在比较偏僻的乡下办桌，师父有时只带汤勺及菜刀两样工具就出门了，不像现在"机司头"这么多，其他的用具及食材，都由主人家准备，当然也没有菜单，主人家准备了什么食材，就做什么菜。

当时的乡下地区，有些经济状况比较差的人家，请不起整桌的喜宴菜肴，就自己准备食材，再请总铺师来料理。喜宴办桌用的锅碗瓢盆都是向邻居借的，就连桌椅也都是从邻居家搬出来的，等到婚宴结束后，锅碗瓢盆全都清洗完，再挨家挨户地去归还。

当然邻居也会充当厨房的工作人员，主人家在归还桌椅及锅碗瓢盆的时候，会将宴客所剩的"菜尾"分成一份份的，分送给他们，答谢左邻右舍。

小时候的我，对邻居办喜宴剩下的"菜尾"颇有印象，这种景象现在若要看到，我想是难上加难吧！顶多是将宴会桌上没吃完的菜肴，一一分装带回，不会像以前一样将所有剩菜通通倒在一个桶里，再分送出去。

当时也有专门出租婚宴桌椅及锅碗瓢盆的行业，或是将喜宴的菜色食材委托总铺师代购处理，只不过并非每一家的经济状况都许可。

不像现在，喜宴场所的锅碗瓢盆一应俱全，就连桌椅都要精心布置过，舞台灯光要讲求气氛，还有主持人及歌舞秀的演出，餐点菜单也要预先放置在桌上，让宾客事先知道菜色，总铺师要准备的"机司头"也愈来愈多，直逼餐厅水准，不再是一把菜刀、一根汤勺走天下。

师乀那些年几乎成为我们的专用外烩厨师，家里几个兄姐及亲朋好友的结婚喜宴，也几乎都委托他掌厨。

不用办外烩的时候，他喜欢穿着功夫鞋，骑着他那台铃木到处走，或是来药铺这儿喝茶聊天。而家门前的一间小庙，是他必定会来的地方，早上开庙门、上香、清扫庙前小公园的落叶，包办小庙里大大小小的一切事务，全是他没办外烩时的固定功课。

他看着我们从小长大，而我们却把他从年轻看到老。自从我老爸过世后，他就渐渐呈现半退休状态，倒不是因为没人帮他誊写菜单，而是师乁年轻时曾出过一场车祸，导致他无法长时间站立。

年轻时，外烩场合这种耗费体力及需要长时间站立的工作，他还能应付得来，随着年纪渐渐大了，需要长时间站立的工作，变成他体力上的一大负担。所以只能挑选喜宴场子来办外烩，满足一些亲友的邀约，不再是来者不拒了。这几年他更是呈现退休状态，他说真的被我们这些年轻人给追老了，没体力再做下去，只能在家含饴弄孙。

他很怀念当年老爸帮他誊写菜单的日子，不只是他，我们这群小孩何尝不是呢？他失去的是一位老友，我们失去的是一位家中的——黑狗兄！

170　药铺年代

总铺师的乌参鸡

药膳香料 当归6g、熟地黄9g、芍药6g、川芎6g、人参须8g、枸杞15g、黑枣3粒，以棉布袋装起来，其中人参须及枸杞不装进袋里。

材料
乌骨鸡一只
竹笙20g
干香菇8朵
水2000ml
米酒一杯
盐适量

做法
1. 全鸡不切块，洗净氽烫备用。
2. 干香菇泡开，香菇水留用。
3. 竹笙泡水清洗后沥干备用。
4. 将全鸡、药膳包、人参须、香菇（含香菇水）及竹笙放入锅中。
5. 加进水及米酒。
6. 电锅外锅加一杯水，按下开关。
7. 待电锅开关跳起后，加入枸杞，外锅再加半杯水，按下开关一次。
8. 待电锅开关再次跳起时，加入盐调味再焖10分钟即可。

TIPS 美味小秘诀

1. 枸杞晚下，可保持汤头清澈。
2. 若有预先泡制的当归枸杞酒，盛碗时滴入更可增添风味。
3. 夏季时，可将人参须换成西洋参，更符合季节时令需求。

药铺里的内单

药铺前,
人来来去去,生老病死,
老药铺的内单,
一直安安静静地存放在柜内,
字里行间,见证历史。

每一家稍具历史的药铺都有内单,也就是药铺自己开的药方。

内单通常不叫处方笺,那是医院或诊所才会用的名词,是针对疾病所开出的药方。药铺不是诊所,开出的药方并不完全是治病的,有时也会是餐饮业的料理香料配方,或是食品加工业所用的香料组合,还有一些意想不到的用途,总之五花八门,千奇百怪,且内单的配方组成资料,通常是不让客人带回去的,所以在药铺里,不叫处方笺,而称之为内单。

老药铺将客制化发挥得淋漓尽致

　　内单当然还是以药单居多，但并非一般药书或方剂书籍出现的老祖宗留下的固有成方，而是针对个人当时情形及需求所开的药方，有时是熬煮式的煎剂，也可能是散剂或泡制成的药酒等，也就是"客制化"，看客人的需求来呈现，以前的老药铺早已将"客制化"三个字，发挥得淋漓尽致。

　　固有成方就是以前老祖宗留下的药方，在一般药用书籍里皆可查询，并可了解药方专治何病，只要套用及加减方即可，有点类似西药的感觉。不过中医药现在的固有成方大多被科学中药取代，到中药铺抓熬煮式的固有成方者，其实并不多。

　　在没有健保的时候，生病上医院，或到熟识的药铺看病抓药，再正常不过。若是平时就常用的药方，便会留下药单，日后直接抓药即可。

　　一般内单是不让客人带走的，在早期并无所谓的付费研发制度，所以药铺自然不希望自己调配出的药方或香料组合外流，或让客人拿着单子到处询价比较，导致客人流失。但偶有例外。有些客人远道而来，路途遥远，舟车劳顿，而以前邮寄并不普遍，所以一般药铺对于他们需要长期使用的药方或香料组合，都会通融让带回，并不留在店内成为内单。

各家内单书写各有特色

药铺的内单中，除了一般药材或香料组成，通常也会一并写上价格。但一般老药铺所用的一到十，不会是罗马数字或阿拉伯数字，而是自己店里才看得懂的字，每家表现都不同，可能是五言诗两句，以十个字来当作该店的一到十，也可能是十个无关紧要的汉字，总之每家都不同，只有自家人才看得懂。

因为以前老板外出看诊，若刚好有人上门抓药，店内伙计一看药单，就知道该张药单的价格，才不会有错收银钱的事情发生，所以这种书写方式一直流传下来。只是这些做法，到十几二十年前还行得通，现在大多只能当作参考，尤其近年来，中药材价格波动大，有时一两个月间就相差许多，现在药铺内单中的价格，只能当作参考中的参考。

老药铺的药柜中，虽然都存放着药材，但一定有个角落或一格药柜收藏着过往的回忆。虽然现在科技发达，很多资料都存放在电脑中，做成格式化的资料库，但从泛黄的纸张中，看到的不单是药方，也有私家养生料理、创业历程中的故事，从内单可看尽生老病死、重生喜悦，更有创业艰辛史。

药铺内单承载人生记忆

药铺的内单千奇百怪，你可以看到明雄伯私房做红蟳的秘方，这是专属他的私人料理配方，也可看到陈老师中风后，术后调养的处方，还有陈董常用的偏头痛药方也留下了记录……这些种种，不一而足，就连老家巷口的槟榔摊，也都有自己独特的香料配方，甚至远从外县市来的客人记录，也掺在内单中。

我看着这些内单，有些早已遗忘，有些则印象深刻，仿佛就是昨天的事而已。翻阅其中的老药单，一个个鲜活的记忆就都回来了，好像回到小时候，只是有些人已不再出现，有些人依然往返于药铺与自家，继续扮演着忠实顾客的角色，有些人经过岁月摧残，已到佛祖那儿享福去了。

从小在药铺长大，有些人进来，还没开口我大概就可以猜出，他要做些什么事。譬如以前只要看到明雄伯到家里来找老爸，就知道他又要办桌请客了，因为店里的内单中，存放着明雄伯的私房料理——药膳红蟳的配方，这是他请客的专属必备招牌菜，只要他一上门，八九不离十就是要请客。

看到陈师母来，就知道她要来帮陈老师拿术后调养的药材。

陈老师在小学教书三十多年，好不容易到了退休的年纪，想说可以游山玩水、含饴弄孙，可才退休没多久，就因为严重的脑出血必须长期卧床居家照料，其间除了固定回医院拿药，也寻求中医药协助。只要看到师母和外籍看护两人散步至店里，不用说也知道师母的需求，直到陈老师去世为止。

香料药方使用年限无可计

一般内单，通常使用期限不会太长，最多就是数年而已，反而有些养生药方或香料组合，无使用年限。内单中的主角来来去去，生老病死，老药铺都看在眼底。其中一张香料配方，让我印象特别深刻，也唯有香料配方，能沿用数十年不变。

附近市场内，卖咸水鸡的大婶，一卖就是数十年，和他儿子两人一起经营市场内的生意，每到逢年过节忙不过来，在外经营果汁生意的女儿总会暂时歇业，回家帮老妈妈的忙。前几年老妈妈因病过世，做女儿的不希望美味就此失传，毅然决然回家传承妈妈的手艺，让这好味道继续飘香，也让这张香料内单延续它的生命！

药铺前，人来来去去，生老病死，喜怒哀乐，老药铺的内单，却都一直安安静静地存放在柜内，字里行间，见证着历史。若每个人的心中都有一本日记，记录着过往的点滴，那么药铺里的内单，就是老药铺的日记了。

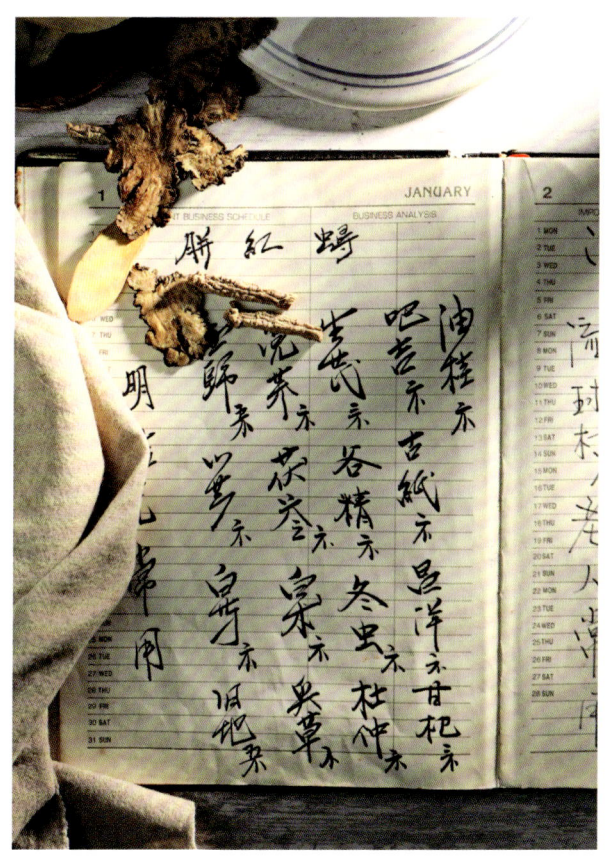

老爸以毛笔写成的专属于明雄伯的请客内单

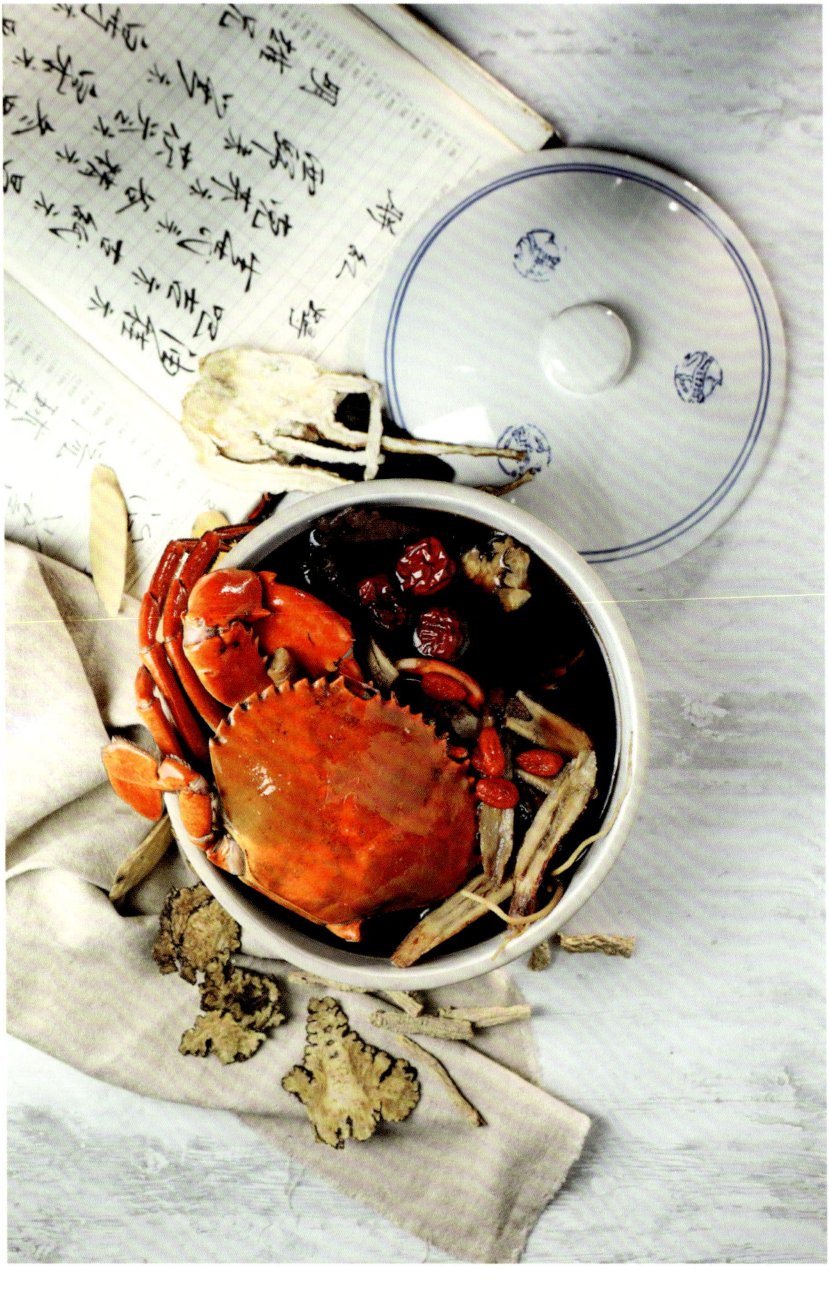

药膳红蟳

药膳香料　当归五钱、川芎二钱、白芍二钱、熟地黄五钱、党参二钱、茯苓二钱、白术二钱、炙甘草二钱、黄芪三钱、谷精二钱、冬虫夏草二钱、杜仲二钱、巴戟天二钱、故纸花二钱、肉苁蓉二钱、枸杞三钱、油桂二钱

材料　红蟳4只、老姜3片、盐适量、米酒半瓶、水2500ml

做法
1. 红蟳掰开去鳃清洗干净，剁块备用，大螯以刀背拍破。
2. 起一锅水，加入药材、老姜片及米酒，先煮滚后转小火续煮30分钟，让药香及酒香融入汤中。
3. 加入红蟳续煮15分钟，让红蟳熟透并吸附香气，以盐调味即可熄火。

备注：一钱 = 3.75克。

TIPS 美味小秘诀
1. 红蟳不久煮，可保持肉质细嫩。
2. 加入老姜可减少红蟳的寒性。

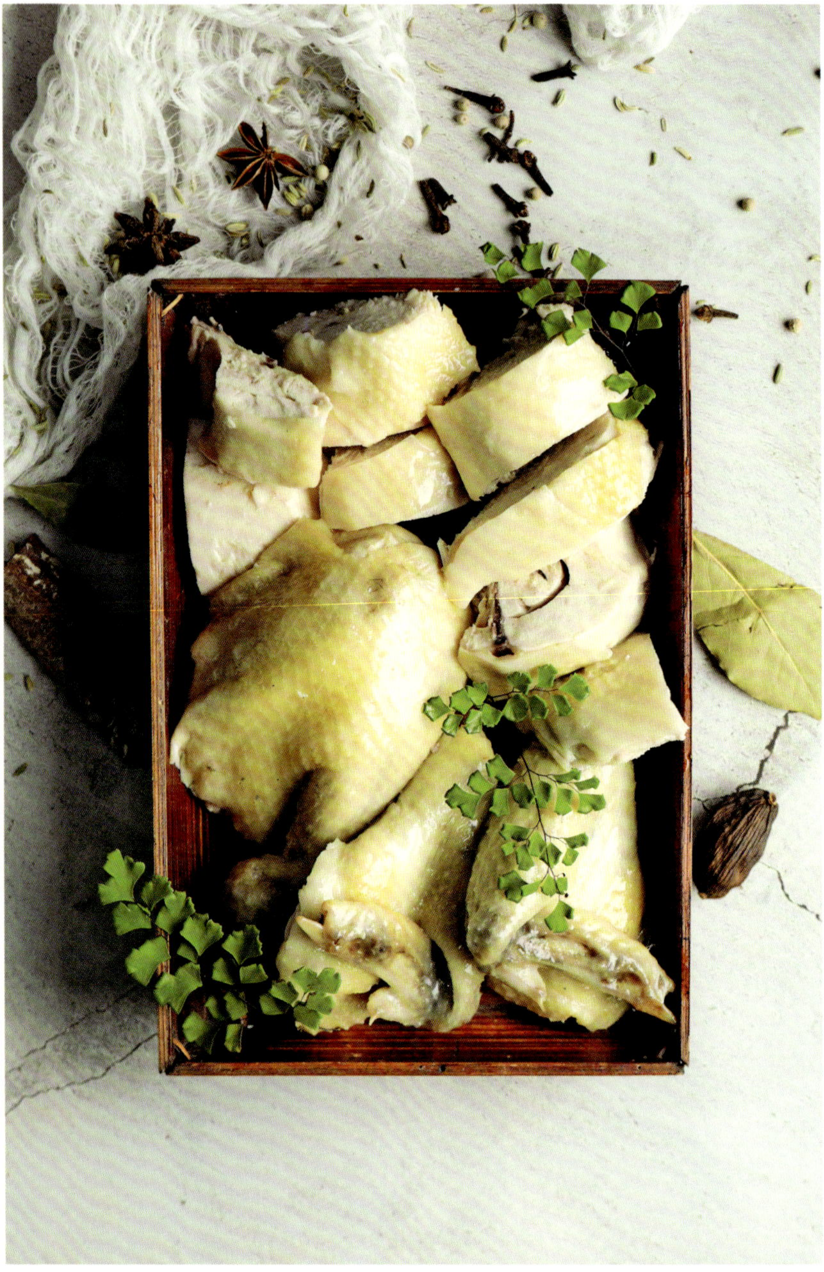

咸水鸡

药膳香料

1. 香料包（将以下香料放入棉布袋里）：肉桂5g、香叶2g、白胡椒5g、八角3g、小茴香3g、山柰3g、甘草1g、草果1颗、丁香1g
2. 其他散状香料：花椒3g、八角2粒

材料

土鸡腿3只、私房胡椒盐、葱2棵、姜5片、香油适量、葱花适量、米酒一小杯、盐适量

做法

1. 干锅放入盐、花椒、八角，以小火炒香。
2. 鸡腿去骨洗净后沥干备用。
3. 将炒香的盐，均匀涂抹在鸡腿肉上，放入冷藏静置3小时待其入味。
4. 另起一锅卤水放入葱、姜、香料包、米酒及盐。
5. 煮滚后再以小火煮20分钟，让香料香气融入汤中。
6. 放入鸡腿肉以小火煮5分钟，熄火焖泡一小时，筷子能穿透即可捞起。
7. 放入冰水中冰镇到喜欢的温度。
8. 切片或手撕，撒上胡椒盐、淋上香油、拌上葱花即可。

TIPS 美味小秘诀

1. 卤水的咸度要比平常喝汤的咸度再咸一些，依个人口味调整。
2. 胡椒盐、香油及大量葱花是做咸水鸡不可或缺的三配角。
3. 盐先行！将盐以花椒、八角炒香，目的是让盐吸附香气后，再涂抹到鸡腿肉上使其入味，如此鸡肉的味道会更有层次。
4. 选用土鸡腿肉，增加咸水鸡的口感。

一张被遗忘的香料配方

虽不是全聚德,至少也算是排队名店,二十几年来这张烤鸭配方一直静静地躺在自家药柜内,直到……

付费请人设计或开发商品,也就是现在大家所说的"客制化",是一件天经地义、公公道道的事。对许多产业来说,这看似行之有年的规矩,也合乎做生意的常理,但在药铺这儿,好像行不太通。或许对一般的大型香料公司,收费帮客户研发专属香料是正常的,但在传统药铺,替客户开发专属香料,却不一定能赚钱。现在都如此,更别说是在以前不重视"智慧财产"的年代,搞不好一转眼,一个不小心,耗费长久时间、费尽心思所开发出的香料配方，就变成别人口中的秘方了！

我家藏有知名烤鸭的香料配方

大概二十年前，我当时还在读专科学校，每天往返家中与学校的交通工具，就是我那台心爱的机车，出门一切得靠它。每天上下学我都要经过一条车子多、人烟不多的道路，因为附近工厂多，住家少，每次下课行经这条路，总会看到一家烤鸭专卖店，大排长龙，平日就是如此了，假日时排队的人更多，也算是当地的排队名店。

每次经过，总觉得这家店生意很好，想必这烤鸭师傅功夫一定了得，或是有特殊配方，才能在这样一个不热闹的地方，有这样的好生意。专科毕业后，我到外地求学，较少经过那条路，偶尔路过，也时常见到排队人潮，后来常听到亲友的推荐，也从来不曾专程去买过烤鸭，虽然我爱吃，却不是那种会为了吃而专程排队的人。

这事也就这样过了，从没想过，这家店会和我家老药铺有关联。二十年来，它一直都是大家心中生意超好的烤鸭名店。

一天，我正为了一件关于香料的事伤脑筋，翻阅以前的资料，看是否有可供参考的地方，也随手翻了翻老爸以前所留下的札记，无意中看到一页，上面写着一家烤鸭店的店名，心中一阵惊喜，这不正是以前每天上课都会经过的那家吗？为什么这家烤鸭店的香料配方会在我家出现？记忆中和那家店并无生意往来，配方又怎么会出自我老爸之手？这就更引起我的好奇心了，想要进一步确认，但我老爸早已到西方极乐世界享乐多年，换算一下时间，当年我家老大，应该已经在帮老爸的忙了。抱着一丝希望，我向大哥查询，碰碰运气，看是否有结果，当时他已经是我老爸的得力助手，一经询问，才知道真有这段往事。

提供给客户药材原片，防君子不防小人

原来那家烤鸭店还没开业时，老板就已先请我老爸为他研发一组专用的烤鸭香料了，其间经过几次修正，才确认配方比例，开业后也大致一切顺利，生意愈来愈好。当时虽还不到要排队的程度，也算是生意不错。按道理说，香料是我家小店帮他开发的，也属他专用，应该是由我家持续供应才对。开业之初一切供货正常，由于生意愈来愈好，香料用量也渐渐增加，突然有天老板来了通电话，先是说香料占成本的比例太高，要求降价，不然他就要寻找更上游的药商来降低成本。其实在拨这通电话前，他早已打定主意要寻找上游的药商,进价比我家进货价还低,降低成本,何乐不为?但他从没想过,这专属配方,是谁花时间帮他开发的,只一味地要增加自己的获利。

做生意,本是将本求利,在适当的范围内,赚取适当的利润,原本是合情合理的事,这是我爸一贯的作风,也不想因为这张香料配方而发大财。但小铺也不是善堂,专做白工生意,况且这是一张"客制化"的香料,又不是固有成方。

可想而知,要求降价不成,他便往上游寻找更便宜的香料,这是人之常情,站在他的立场不能说他错,不论是谁,降低成本、提高利润,都是必要的。

以前的传统老药铺,在帮客人开发香料时,通常在完成后,一般都直接按照客户的需求包装,直接给原片药材,不会研磨成粉,除非实际需求是需要研磨成粉状的。这是对客户的一种尊重,表示对他并无隐瞒任何之事,但这项尊重,有时也给了有心人可乘之机。一旦他将香料拿到别家药铺稍做分类及称重,就可以完完全全地知道香料配方了。

要知道配方及比重是一件极为简单的事。就这样,他将配方香料直接拿到盘商那里,依样画葫芦按此比例,原原本本地拷贝过去。不过他为了不让员工知道所用的香料组成,要求盘商将香料直接打碎成粗颗粒状,这样不仅员工不知道配方,也不会让有心人模仿，便成为他口中的"秘方"了。

就像电视上的美食节目，每当在介绍知名店家的独特"秘方"时，总会打上马赛克，或只能看到研磨成粉的香料，并无机会看到原片香料，因为这就是"秘方"，既然是"秘方"，当然不可轻易示人。演变至此，到处可见"秘方"，也到处都有马赛克画面，而这些到底又是谁的"秘方"呢？

谁的香料，谁的"秘方"？

以前的人大概比较"古意"吧！早期药铺里的单子大致就只分成内单和外单两种，做法单纯，希望尽量满足每位客人的需求。对于要求"客制化"配方的客人，通常只认为若是合适他使用，便继续使用就是了，不会有太复杂的想法，比如不会预先将某些材料研磨成粉状，不让客人知道配方，或是签署相关的契约来保障自己。

以现代的观点来看，似乎有些不可思议。哪有将自己辛苦的成果，双手奉送给别人的道理？但这是在传统药铺里，一再重演的戏码。虽然一再重演，不过像烤鸭店老板这样的，还好只是少数个案，绝大多数还是"死忠"客户。

曾经有朋友建议，为何不事先跟对方签署所谓的保密条约或供货契约，来确保自己的"智慧财产"权，也确认订单不会跑掉。

由于朋友从事食品代工相关行业，也常为客户开发新商品，平日为了确保订单，签署相关契约对他们来说，稀松平常且行之有年，目的便是为了保障自己的权益不受损害。但毕竟药铺是古老的行业，是"对人"的行业，在意的是人情味，是种相互信任的行业，大可不必为这一两件偶发事件，将人情味搁一旁。如果药铺的香料配方能在市场上风行数十年，甚至更久，我想这一切都值得了。

家中的长辈常说"吃亏就是占便宜"，就当那张躺在药柜里二十几年的配方，是一段美好的回忆，毕竟因为它，也造就出一家排队名店。

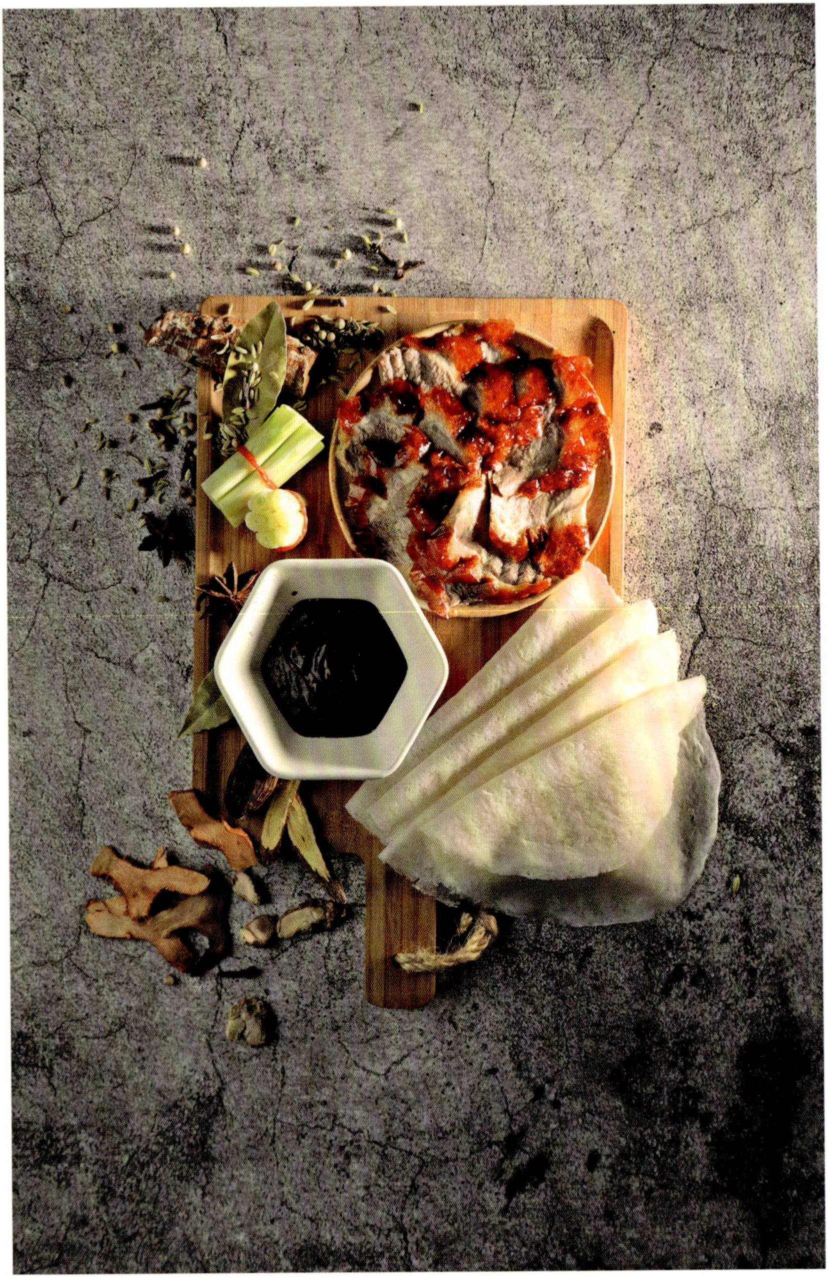

瓮仔烤鸭

药膳香料 八角15g、肉桂15g、草果1颗、花椒15g、丁香5g、山柰12g、甘草5g、小茴香10g、砂仁8g、香叶2g

材料 菜鸭一只
麦芽糖水
瓮仔鸡烤炉或家用大烤箱一个

做法
1. 将香料放入锅中，加进3500ml的水烧开，转小火续煮10分钟后熄火。
2. 将菜鸭洗净，待做法1的香料卤水回温至45—50度时，将菜鸭放入卤水中泡置3—5分钟。
3. 泡置后的鸭子捞起，稍微风干或放置冷藏风干。
4. 取出鸭子，进瓮前或进烤箱前刷上一层麦芽糖水。
5. 起一瓮仔鸡烤炉或大型家用烤箱，将鸭子以叉子穿入，架置于烤箱中间。
6. 烤40—50分钟即可。

TIPS 美味小秘诀
1. 麦芽糖水是让鸭皮酥脆不可或缺的因素。
2. 若不用卤水，将香料研磨成粉后，以涂抹的方式腌制亦可。
3. 若用大型家用烤箱，上下火约200度。

只有老药铺才喝得到的赤肉汤

这碗赤肉汤,带有浓浓的药酒香,融入所有药材的精华,喝起来可真是令人回味无穷,一点都不苦涩。

记忆中老爸除了爱吃鱼,也喜欢在冷冷的冬季早晨,喝上一碗热腾腾的赤肉汤。不过,在外地从没见人卖过这道料理,应该可算是我老爸的私房菜!只不过,厨房一旦被他使用过,活像是狼藉的战场,总是要老妈来清理善后。但老妈念归念,却从未禁止老爸上厨房来,偶尔打仗一次,应该足以列入他的光荣战绩!

帮老爸"代打",酒量就是这样练出来的

冬季里的赤肉汤,有着浓浓的药酒香,是用药铺里浸泡滋补药酒的药材的药渣煮成的,虽然是再平常不过的汤品,却是道道地地的药铺的好味道。药铺里那些浸泡多年的补药酒最后的剩余价值,成为汤头里飘散的浓浓的药酒香。小时候不胜酒力,光闻头就晕了,不过喝起来,却没什么酒味,之后一口接一口,身体马上就会暖乎乎起来,喝酒的功力,也就在这时慢慢培养出来。就像吃辣一般,刚开始从豆瓣酱练起,一丁点的豆瓣酱就会让双唇发麻,慢慢进阶,随着岁月的磨炼,辣油辣粉外加自制辣椒酱,变成餐餐必备的佐饭小菜之一。

喝酒这档子事也一样。小时候刚开始喝赤肉汤也是一股醺然醉意,后来,老爸带着我们一家老小,参加聚会餐叙,小朋友早早吃饱,就闪到一旁玩耍了,餐会酒席少不了划拳助兴,输的一方,自然是不啰唆先干一杯,不过运气总有背的时候,有时一连输了几拳,每当这时,老爸就会找上我们这群小鬼来挡酒"代打",久而久之,我们就变成老爸最佳的"代打部队"了。

药柜上一瓮瓮全是牵挂

偶尔看到电视上日本进口的养命酒,俨然喝了就会好命,这让我想起,以前药铺也常会帮客人泡制类似的养生药酒。药柜上有时会摆着一瓮瓮药酒,都是客人委托药铺量身泡制的,通常是玻璃罐或是陶土烧制而成的瓮,泡制好的药酒客人多半会自行带回,有些则是怕受不了诱惑,提前开封偷喝,干脆就先寄放在药铺里,等到时间足了,可以开封时再带回去。

客人偶尔还会委托人三不五时到药铺来,看看他的药酒是否完好,问问何时可以带回家。

老祖宗说酒能遣兴消愁,闲来没事,三五好友一聚,喝酒与养生一对上,就有了求醉的理由了。"养生"嘛!不过有些酒是不能乱喝的,当年押宝"奇货可居"的吕不韦,享尽一生荣华富贵,到头来还不是饮鸩酒自尽,所以有些酒是喝不得的!以药入酒、以酒入药,这是老祖宗的智慧,是不是有时也就帮爱喝酒的人,找到了一个绝佳的解套方式。

拜科技进步之赐,各类保健食品琳琅满目,从保护眼睛到调整免疫力,从护肝到增加肠胃蠕动,从维 C 到 B 群,种类之多,已到让人无从选择的地步了。因为这块大饼,任谁也不想放弃,每天只要光吃保健食品大概都可以不用再吃饭了。在台湾,一年保健食品的消费金额，恐怕不下千亿元，可见我们有多爱补。

以前就简单多了，除了日常营养，所谓养生，就是早睡早起，三餐饮食均衡，外加运动。日常生活中说到"补"及"养生"，十之八九都和药铺脱离不了关系，从日常保养到病后调理，从通畅血路再到促进饮食，全靠药铺打理。

泡制一瓮上好的药酒便是其中一个选项。上药铺请老板调制一副药方，泡上一瓮养生药酒的人形形色色，不管是活络血路，滋补身体，还是强健体魄，上药铺就对了！

爱好此道的以上了年纪的长辈居多，以前长辈上药铺的需求，我们小孩是听不懂的，也不想知道，长大一些后，在药铺里打转久了，药材自然会认识一些，后来只要从老爸泡制前的准备工作中，从隔着玻璃瓶看到的载浮载沉的药材，也大概可以猜出一二。

滋补药酒与活血药酒

不管是什么种类、药效的补药酒，并不是泡制好就马上能喝的，通常得耐心等上一年半载，让药材成分溶入酒中，也得等酒味比较不呛时，才能够喝，也才比较好喝。若是摆上三五年甚至更久，喝起来可就更顺口了，有时连酒味都退去，只剩下一股甜甜的味道，不过这并不代表没有酒精成分，喝多还是会醉人的，药酒浅尝养生，喝多就叫伤身了。

况且药酒还是有分好喝及不好喝的喔！看多了，看久了，一眼就知道好喝与否。通常滋补药酒比活血药酒来得好喝一点，滋补药酒添加了许多带有甜味的药材，泡制时间一久，酒味散尽，药酒变得甘甜又顺口。老药铺里的那碗赤肉汤，就是用这类药酒的药渣煮成，带有浓浓的药酒香，融入所有药材精华，喝起来令人回味无穷，一点都不苦涩！

疏通血路的药酒，虽也有带着甜味的药材，但比起滋补药酒，多半还是以苦涩、酸涩的药材为主，就算时间久了，陈化顺喉，总还是不像滋补药酒那般甘美。

从小看着一瓮瓮的药酒长大，也看着父执辈抱走一瓮瓮的药酒，回家去圆个"养生"的梦想，我照理应该也好此道才是，不过可惜的是，我并不喜欢这类药酒，或许是我的年纪尚未到达应该用这类药酒保养身体的阶段，还不能领会美妙之处。

别说是我，就连时下的年轻一辈，对于这类老祖宗传承下来的智慧，大概也是兴趣缺缺。为了一瓮黑黑的养生药酒，搞上大半年的，也未免太没有经济效益了。另一个重要的因素，还是现在各种萃取式的保养食品纷纷出现，小小一粒，简单又方便，在这工商繁忙的社会，颇受年轻人欢迎。现今，虽然药铺尚有提供泡制药酒的服务，但风气早已不如以往盛行，只能存留于年长者的记忆之中。

如今的药铺厨房,已不再会为了煮一碗赤肉汤,而出现打仗一般的场景,虽然汤锅上偶尔也会出现赤肉汤,却不再飘散着当年浓浓的药酒香。我想吗?我怀念吗?答案是肯定的,不过我不想这诱人的香气重现,因为这是专属我家黑狗兄的味道,封存记忆也是一种美好!

制作药酒

1. 将药材添入瓮里

3. 添好药材与米酒、米酒头后，以红布封起，静待时间的酝酿

倒好药材后,添酒,盖过药材 ②

辑二 总铺师的菜单

黑狗兄的赤肉汤

材料

小里脊肉300g

补药酒药渣50g（或药酒70ml）

太白粉少许

姜丝少许

盐少许

味精或鸡粉少许（可选择）

水1200ml

做法

1. 小里脊肉切片用太白粉抓腌一下。
2. 起一锅水放入药渣一同煮滚，转小火续煮5—10分钟。
3. 放入抓腌过的小里脊肉，转中火，捞起浮出的肉末。
4. 放入姜丝，加入盐及味精调味，即可熄火。

TIPS
美味小秘诀

1. 若使用药酒，则在放入姜丝时一同加入即可。
2. 抓腌过的小里脊肉，会比较滑嫩。
3. 可依个人口味，增减药渣或补药酒的使用量。

最后一碗肉骨茶

第一次试做出的肉骨茶配方,出奇的好,请一些人来试吃,经过几次的配方修正,终于确定了心目中的理想味道,且也是老妈爱喝的。

这世间真有报应,不只是报应,而且还是现世报。

从小我就爱跟着母亲进厨房

小时候我只黏母亲一个人,只给她抱,只给她背,无论她在工作、煮饭、买菜,都背着我。那些年,我一定给她添了不少困扰,不过长大结婚生子后,换我尝到苦果。我生了一位小公主,跟我小时候一样,爱黏人,而且只爱黏我一个人，这下我才体会到，当年母亲的辛苦。老妈常笑我说，这是我的现世报！

据大人说，我小时候最怕生了，除了妈妈，几乎不让其他的大人抱，就像强力胶般，粘上去就拔不下来了。所以从小家里的厨房，大概是我最常待的地方。会走路以后，我最喜欢跟着妈妈在厨房里头转，先是看着她切切洗洗，上了小学后，就开始帮她在厨房里做各种的杂事。端午节时看她包粽子，后来也学她包粽子，过年还帮她打鱼浆做鱼丸，我从小就认为厨房有一种特殊的魔力！

由于家中做生意的关系，大人通常比较忙，正常三餐没问题，但若是三餐以外的时间，肚子饿就要自己想办法了。我从小肚子饿就自己进厨房解决，好比说会在灶台的灰烬里，预先放一颗地瓜，等到大人生火烧热水时，靠着灶台下的热度，将地瓜烤熟，这是最基本的求生技能，不过也常会把放进去的地瓜给忘记就是了；再来就是冲泡面、煎荷包蛋、炒饭、煮饭、煮粥等，也是常用的填饱肚子的方式。

慢慢地，我学会了炒青菜、煎鱼这些基本的菜色，虽然都是家常菜，没什么上得了台面的大菜，总也是够用的。有时也常会被母亲消遣，炒青菜的火候没掌握好，也会不小心把肉给炒老了。不过这些我都不担心，因为当时年纪还小，还有很长的时间可以学习，就像控土窑的技术一般，会愈来愈成熟。

至少我进厨房为自己填饱肚子的时候，不会像老爸一样，他用过的厨房就像打过仗一般，惨不忍睹，所以母亲也就放心让我进厨房了。渐渐地，我进厨房的次数愈来愈多，时间愈来愈久，也把店里的香料偷偷带进厨房，加在一些我不知道名字的食物上，常常只为了满足好奇心，直到上高中，生活过得多姿多彩，我才比较少进厨房。

到了上专科后，我离厨房就更远了，更别说后来在外地求学、服兵役，不过厨房的香料味我一直都没忘记。

从客人的需求开始，制作药铺的专属肉骨茶包

大约二十年前，我在学校毕业的实习阶段，加上之后服兵役的两年，前前后后，到过新加坡七八次。虽然家中是开药铺的，对于一些常见的药膳汤头不陌生，不过还没到新加坡前，对于肉骨茶的印象，仅停留在某大食品公司所出品的泡面，以及它是新加坡、马来西亚的国民美食而已，其他就一概不知了。

由于在药铺长大，平常对带药膳味的料理，本就有偏好，加上几次造访新加坡，我也渐渐爱上肉骨茶这一类的汤头。有别于台湾一般传统药膳，新加坡的肉骨茶融入了更多东南亚香料，汤

喝起来别有一番风味。我当时很难想象,在这四季如夏的地方,竟也风行这种热乎乎的药膳汤品。

退役后,虽然偶尔也会想到肉骨茶,却没想过利用家中药材,自己搭配出一款心目中理想的肉骨茶汤头,只是一直寻找市面上现成的、由东南亚所进口的香料包。在试过几次后,我所熬煮出来的汤头都没有当时在新加坡喝到的浓郁口感,也少了那一份感觉,后来也就慢慢地把肉骨茶给淡忘了。

这一忘,大概就忘了十年的时间,直到后来参与老药铺的事务,做香料咨询的工作,也为客户研制专属香料,有天突然来了一位客人,问我有没有在卖肉骨茶的香料包,这才让我想起新加坡肉骨茶的美味。虽然当时并没有立即满足那位客人的需求,却让我想到要帮老药铺开发出一款专属的肉骨茶香料包。

研发前,总要先收集一些有关肉骨茶的历史背景资料,还有当年沿海一带的居民两次大规模下南洋的前因后果,做详细的比对,发现饮食的差异性,正所谓知己知彼,通盘了解清楚后,才能展开理想中的肉骨茶研发工作。

对于这些中式香料,我是熟悉的。我从小的生活就离不开香料,再加上这些年帮药铺做香料咨询及开发的工作,多多少少也累积了一些经验,平日又常进厨房,对如何炖煮一锅好喝的药膳汤头,自然不陌生。

花了一些时间将资料消化后，第一次试做出的肉骨茶配方出奇的好，再请一些"白老鼠"来做试验，经过几次的配方修正，终于确定了心中理想的配方。由于台湾本地的调味与东南亚有些许的不同，为了要贴近台湾人的饮食习惯，我借用了我们的饮食文化，融入在地的元素，这才将这肉骨茶的配方及做法搞定。

虽不同于传统药膳汤头，却是老妈爱喝的

自从肉骨茶完成后，就连平日喝惯传统药膳汤头的老妈，也意外地爱上这个味道。不知道是不是因为不用自己动手熬汤的关系，喝着别人煮好的，觉得特别好喝，还是她真的喜欢，总之这道肉骨茶汤品，那几年来经常出现在我家的餐桌上。

经由口耳相传，这道肉骨茶的香料这几年成为老药铺一年到头的热销商品之一，就连金门长辈，以前长年旅居新加坡的平日喝惯新加坡肉骨茶的朋友，也爱上了这个味道。这一切都要感谢当时上门的那位客人，要不是他，就没有后来药铺的这款热销商品了。

我家老妈，最喜欢肉骨茶搭上手工面线一块吃，这似乎成了她的招牌吃法，反正肉骨茶百搭百宜，爱怎么搭就怎么搭，随君喜好。

不过后来老妈生了一场大病,做了器官移植手术,在手术中,又发生中风状况,情形一度不乐观,医生费了好大的劲,才将她从鬼门关给拉回来,其间有好久她都无法喝到喜爱的汤品。经过长时间的努力,她才让生活恢复正常,虽然无法再像从前一样,但至少日常生活尚可自行打理,不需别人协助,饮食上也慢慢恢复,又可以喝上喜欢的汤品了。

前两年的一次春节前,老妈不小心染上感冒,咳嗽也一直困扰着她。老妈一直都在休息,希望自己早日复原,所以当年吃完年夜饭后,便早早回房休息。而那一年的春节假期又特别的短,我以前都是大年初二带着妻小回岳家,那年在老妈的建议下提早出门,以免初二路上车多大塞车。于是这一年我便提早一天带妻小北上,一行人到了宜兰,刚到目的地车都还没停好,手机上便传来一则简讯,说是老妈因为感冒并发肺炎需住院治疗,于是安顿好妻小,我便连夜赶回高雄了。到了医院,老妈看到我的第一句话便是:"真不好意思,让你赶转来。"我也回说:"反正我在宜兰也睡不着,干脆就先回来了。"我看到的是她的不舍。

这一住就是十天。住院期间,饮食清淡许多,老妈也就格外想念家中的餐食,也想喝上一碗热乎乎的肉骨茶配面线。不过在医院并不方便开伙,老妈一连提了几次,都无法如愿以偿,好不容易挨到康复出院,我便利用假日,赶紧熬上一锅热腾腾的肉骨茶，搭上手工面线。不过此时，出院后的老妈食欲变得奇差无比，一碗小小的汤品，剩下大半，当下便有一种不好的预感。

几天后老妈再一次进医院，却无法顺利康复走出来。慈制期间，一直都想好好地再为老妈熬上最后一锅肉骨茶，却迟迟无法付诸行动。而我也知道，最后一天会有做不完的法事，当法事做完，就是要让老妈了无牵挂地离开了。于是我就在最后一场法会的前一天，为老妈煮了最后一碗肉骨茶，因为之后便再也没机会了！

平日到市场的路上车子并不多，也只要短短五分钟，而这一路上，四十年来的记忆一幕幕地涌入脑海，像是走马灯，停也停不了……老妈，小时候让你背、让你抱、跟着你在厨房里打转、吃着你做的菜，再到后来换你吃着我做的菜，地震时换我背着你冲出家门，你看着我们这群小鬼长大，结婚生子，而我们却看着你渐渐老去，脑海中一直浮现从小到大的图像。到底五分钟有多久？大概就像一辈子这么久吧！

双手奉上这碗亲手熬的肉骨茶，这碗肉骨茶也是老妈人生的最后一碗。

208　药铺年代

肉骨茶

药膳香料：玉竹10g、熟地黄10g、当归5g、肉桂3g、枸杞6g、白胡椒2g、党参6g、甘草2g、川芎6g、桂枝3g、黄芪8g（以上香料放入棉布袋内）

材料：

排骨1000g

蒜头2—3大颗（整颗带膜）

酱油20ml（调咸淡）

香菇素蚝油20ml（调酱色）

白胡椒粉少许

水2500ml

做法：

1. 排骨汆烫后备用。
2. 水滚后放入香料包、排骨和蒜头，等水再滚后转中小火续煮约40分钟。
3. 待排骨软烂后，即可放入酱油及香菇素蚝油调味，再依个人口味斟酌是否加盐。
4. 肉骨茶完成，可撒些白胡椒粉增添风味。

TIPS 美味小秘诀

1. 用整颗不脱膜蒜头，更能增添肉骨茶风味。
2. 用酱油及香菇素蚝油取代生抽及老抽调味，符合台湾人口味。
3. 可随意搭入喜好的火锅料及蔬菜，增添汤品特色。

煮桮糖里有甜甜的童年

刹那间，没见过煮桮糖的小朋友们惊喜连连，大朋友们当下也重温了儿时时光，那脆脆甜甜的桮糖，吃在嘴里，甜在心里。

小时候，我书没有读得特别好，但"出头"[1]却一样也不少！

出生在六十年代，当时的物质生活并不富裕，环顾小时候的玩伴，好像也没人特别有钱。大人们忙着为三餐打拼，大概也没有多余的气力来管教这一群小鬼头，由于气味相投，所以我们玩起来特别疯狂。

1　玩法、玩的东西。——编者

不想无聊就一直玩吧

童年嘛,总要找些好玩的事来做,才不辜负青春时光,留下将来的美好回忆,虽然买不起昂贵的玩具,也不一定每天都有零用钱花,但不用花钱的"出头"肯定不会少。

学校后门的丝瓜园,是我常去灌蟋蟀的地方,旁边的果园我也时常光顾:控土窑、打弹珠是基本的,有时为了不让大人抓包,一群人还会跑到别人家的祠堂,躲在供桌底下玩牌,大概就只差没像我老爸一样,到凤山溪底去捞鱼而已。因为当时的凤山溪早已变黑,在台湾拼经济的时代,倡导"客厅即工厂",当时凤山溪上游都是高污染的皮革染整厂,夜以继日地排放五颜六色的污水,自我有记忆以来,凤山溪没有一天是清澈的,小孩根本不会想要往溪边跑。

上学以后,我总是要三天两头变换新把戏,才不会感觉日子无聊。当时读中年级的我们,中午回家吃完饭,就要回学校午休。午睡真是一件很无聊的事,而老师也不在,她总是要等到午休结束后,才会回到学校上课。有一天,几个男生打定了主意,选好目标。我们看到夏天眷村里的芒果树早已果实累累,甚至都已经垂到围墙外了,为了不让芒果过熟,掉到地上腐烂,大伙决定提早采收。算准老师还没回来的空当,几个人中午直接杀到眷村里去采收芒果，果然当天成果丰硕。大家把芒果全部塞到衣服里，肚子鼓得像怀孕六七个月的孕妇般，原以为时间算得刚刚好，可以神不知鬼不觉地回到学校，大伙还说，走前门不安全，容易被老师抓包，决定走后门，没想到人算不如天算，才踏进学校后门口，刚好遇到回学校的老师，一群人也不用回教室上课了，直接罚跪在后门，另外再罚写一张悔过书，真是糗大了！

不过事后大家回想起来，最感到后悔的还是当时把摘下的芒果直接塞在衣服里，流出来的汁液弄得衣服还有肚皮都黏乎乎的，超难清洗。于是大家决议，下次再去采收芒果的时候，一定要带个袋子，先找个地方把芒果藏起来，以免再次被抓包。

"重曹"是什么？秘密基地里的科学 DIY

小时候有不用钱的水果，当然也要做些不用花钱的糖果来解解馋。我家是开药铺的，在药柜上的瓶瓶罐罐里，有一瓶写着"重曹"的白色粉末，那是做糖果的秘密武器！说真的，当时我也不知道那是什么东西，只知道煮糖水时，加上一点搅拌均匀，糖水就会神奇地膨胀起来，变成饼干一样，甜甜脆脆的，大家都管它叫"椪糖"。

重曹是什么，大家都不知道，也没想过要问大人，白色的粉末,像糖粉也像面粉,尝起来没味道,反正当时也没见谁吃出什么毛病,所以每当小孩嘴馋,口袋里没有半毛钱,单吃砂糖又觉得不过瘾时,就会动手煮椪糖。这时我通常只负责从家中的药柜上,偷偷挟带一点重曹出来就可以了,这可是最重要的,如果没这玩意儿,大家都没戏唱了,而其他的东西,自然会有人准备。

秘密基地是我们最佳的集合地点,所谓的秘密基地,说穿了就是一处已经荒废的空地罢了。同伴有人从家中偷带出砂糖,有人负责小烘炉,还有火种及大汤勺,东西到齐后,就可以开始了。每当看着勺上的糖水煮得有一点稠稠的时候,就用筷子粘上一点白色的重曹粉,快速地和糖水搅拌均匀,同时将火炉上的汤勺移出,接着就准备验收成果了,看着加入重曹粉的糖水,慢慢地膨胀、成形,就知道又成功了!虽然不是每次都会成功,万一糖水火候不够久,也是会尝到失败的滋味的,但是煮椪糖、吃椪糖,应该是小时候不用花钱的游戏中,最甜的记忆了。

不过重曹究竟是什么药材,吃了会不会中毒,都不是我们关心的重点,反正有得吃而且好玩就行了!不过随着家中的经济改善,年纪大了,生活中渐渐充斥着其他更新更好玩的事物,煮椪糖的记忆就愈来愈远了。再次想起才知道,原来那白色的粉末,并不是什么神奇的东西,就是现在很稀松常见的小苏打粉,在中药铺里大多用于中和胃酸、妇科洗剂及坐浴,只是很少食用罢了。

椪糖让老小孩回来了！

现在年轻的一代及孩子们，多数都没听过煮椪糖，印象中，我们在台南安平老街看过一次，让大朋友回忆童年，也让小朋友感受，上一代人小时候是怎么样不花钱做出甜滋滋的零食的。

几年前过中秋，家里来了许多亲朋好友一起烤肉，一时心血来潮，我问现场的小朋友们，有没有听过椪糖，结果没一个有听过的。但也不意外，毕竟那些日子，这一群小鬼根本没经历过。刚好家中有一些食用级的小苏打粉，本来是平时清理厨房的好法宝，现在倒也派上用场。借着烤肉的炭火，拿着一根大汤勺，便煮起椪糖来。当糖水膨胀成形的刹那，没见过煮椪糖的小朋友们惊喜连连，大朋友当下也重温了儿时时光，那脆脆甜甜的椪糖，真是吃在嘴里，甜在心里，一下子大家的童年都回来了！

虽然拿小苏打粉加入糖水，只是简单的化学变化，但对小时候的我们来说，却是了不起的发现，是件神奇的发明，而童年就是由这些不花钱的游戏及自己动手做的零食堆叠起的那许多无忧的日子。

现代人讲求健康饮食，不喜欢吃过甜的零食，如果在椪糖上，加几颗枸杞，做出养生的椪糖，吃下肚的时候，或许会比较没有罪恶感吧！

重温童年，一起来煮椪糖！

1 将砂糖放入大汤勺里

2 加入开水

5 以筷子沾一点重曹（食用级小苏打粉）离火搅拌

6 快速搅拌，糖水会慢慢膨胀起来

3 拿到炉上以小火煮

4 煮到砂糖水浓稠时

7 待糖水膨起后，从勺子里取出即可

8 不小心取出破掉也无妨，甜味不减，过程好玩

辑二 总铺师的菜单

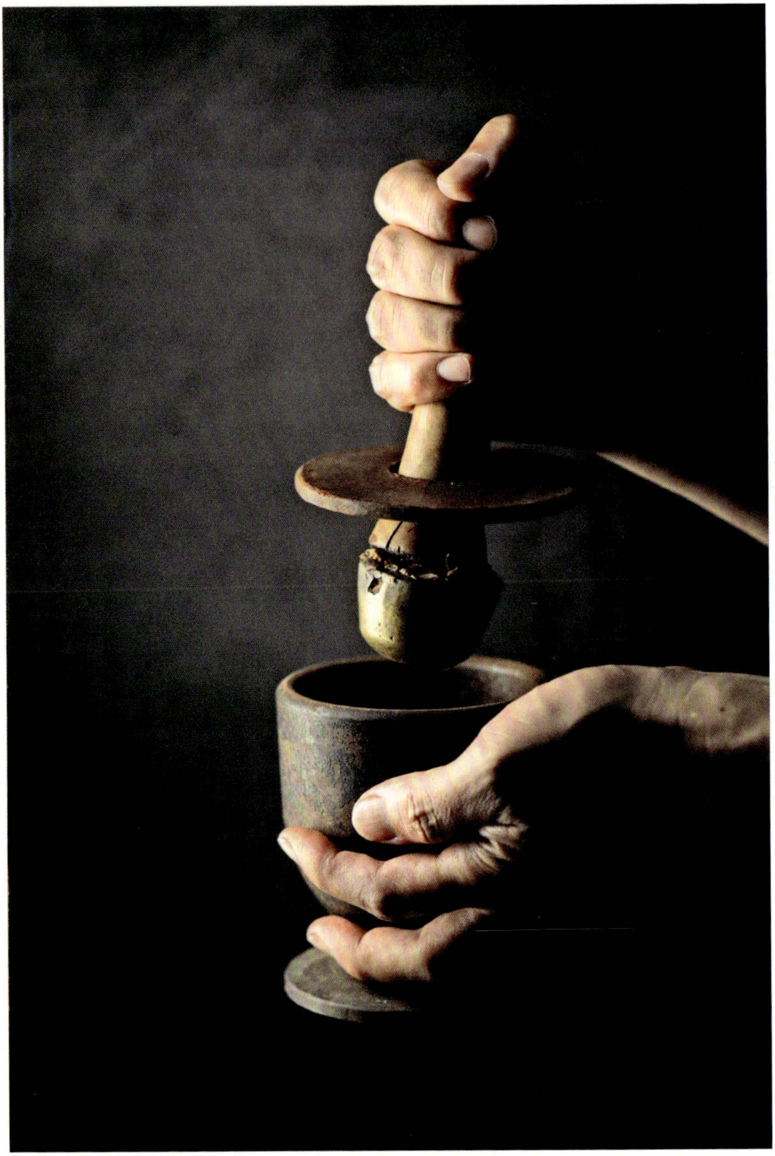

辑三 内用、外服与道具

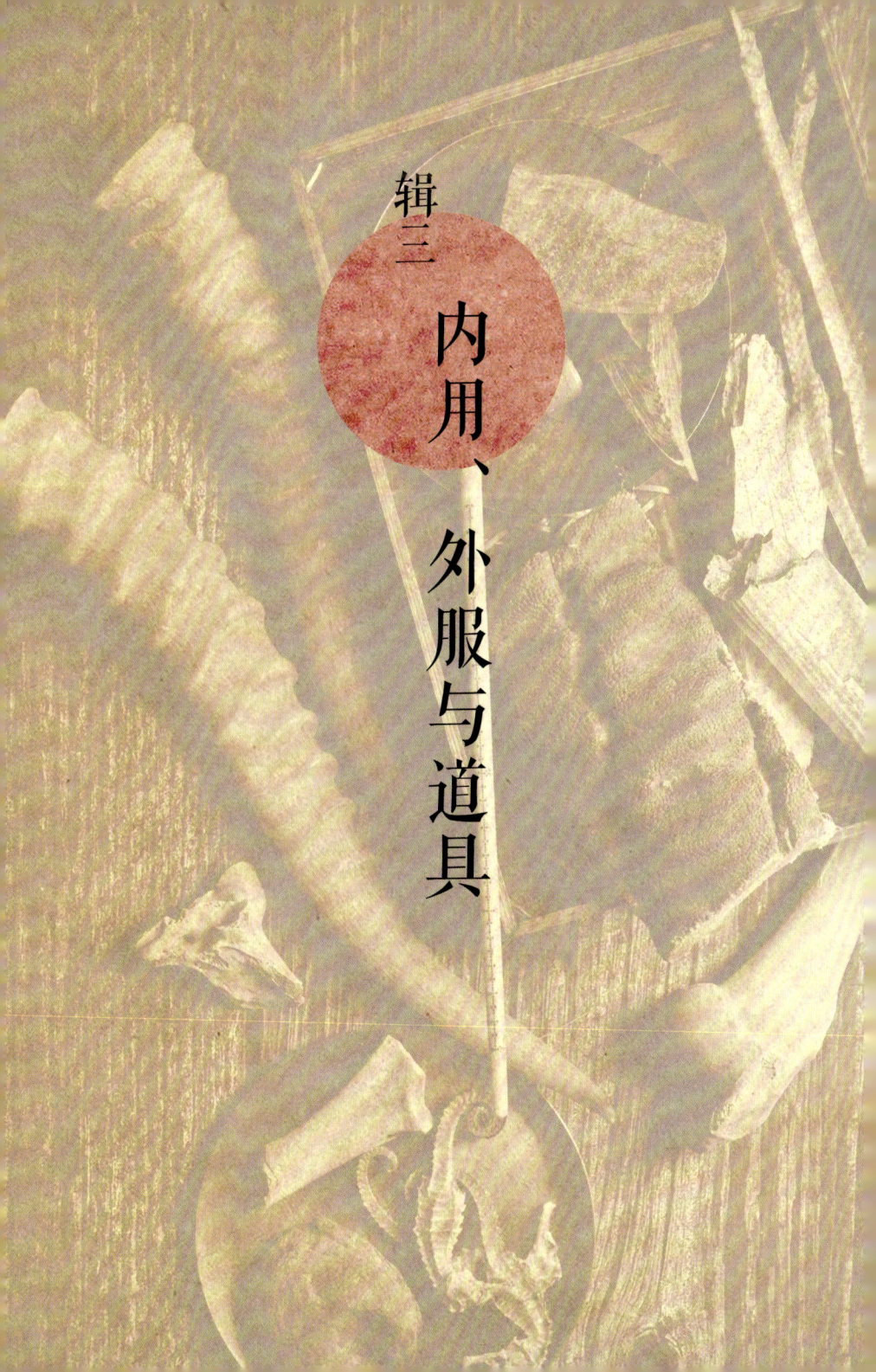

跌打损伤——牛屎膏

在以前，稍具历史的中药铺，多会有自己调制的药膏或正骨水之类的药物，把这说成是家传秘方也行。

我家「牛屎膏」的名字，可是辉雄伯的点子呢！

牛屎膏？

对！

它的名字就叫作牛屎膏。

数十年来大家一直这样叫它！

牛屎膏不是真的以牛屎制作而成的药膏，而是调制完成后，颜色很像在乡间小路上常看到的一坨坨牛屎的药膏。它常被用来治疗跌打损伤，消肿拔脓等。刚开始阿公调制出这款药膏，并没有确切的名称，但它纾缓肿痛、治疗跌打损伤及刺伤等很有效果，以前的人也不太在意药品的名称，认为有效最重要，管它名字是牛屎还是猪屎呢！

从前稍具历史的中药铺，大多会有自己调制的药膏或是正骨水之类的药物，把这说成家传秘方也行。总之，就是专供自己店内客人所使用，虽药物的组成不尽相同，调制方式也不太一样，作用却大致相同，如治疗扭伤、跌打损伤，消肿拔脓等。我们家的老药铺当然也不例外，也会调制跌打损伤及泡制正骨水之类的药品，专给店内客人使用。

牛屎膏原来是辉雄伯叫开的呀！

为什么叫作牛屎膏？记忆中好像是对面的辉雄伯开始这样叫的！

辉雄伯是对面碾米厂老板的司机。在六十年代就有专用司机的人实在不多，出门坐着司机开的车是很炫的事。在我们家对面的碾米厂老板，就住在前面一栋五层楼高的大楼里。为什么会被称为大楼，是因为当时他家是凤山地区第一栋高楼，以前的洋楼本就稀少，他家又比一般透天厝大上几倍，所以就称为大楼啰！

碾米厂的后面有两座大米仓，米仓外面挂着"台湾省粮食局"的招牌，三不五时就会见到大卡车载运稻谷来米仓卸货，或是把整车碾好的米运出去。当时只要是从事或掌握大宗民生物资的生意的人，多是非富即贵，他家即是凤山地区数一数二的有钱人家。

他家的骑楼是我们小时候游戏的最佳据点，地方大又不怕下雨，更是我们每年中秋节的重头戏——打鞭炮战的最佳掩护场所。小时候，马路这边的小朋友是一"国"，马路对面则是另一"国"，通常没有往来，正符合"老死不相往来"这句话的情境。

当中秋节脚步逼近，这种情形就会更加明显，我们甚至将对面小朋友当作敌人看待。中秋节前几天双方早早集资完毕，购足各式冲天炮及火炮，大家都等着中秋节这天到来，准备和对面的火拼一场。当天晚饭后，我方同志们早早就到大户人家的骑楼集合，每人各占据一根柱子当掩护，就等着对街的敌人出现，一见到对方，随即发射，顿时双方的火炮四射！

我们相隔着一条大马路——中山路，彼此各据一方，把对街的小朋友当作敌人，死命地打！

我们除了单纯用冲天炮攻打对方，有时也在冲天炮下绑上一支水鸳鸯，点燃冲天炮后，也就一并点燃水鸳鸯了，打到对面的冲天炮爆炸了，但水鸳鸯往往会延迟十几二十秒才爆炸，所以常会有意想不到的效果出现！只不过年年如此对打，好像没有一年分出胜负，每年都是打到弹尽援绝，一哄而散，年年如此，乐此不疲！

辉雄伯就是在这大户人家里当司机，我记得他如果没有出车，常会来我家串门子。当时他住在大寮，每天都会骑着那台川崎的武车往返两地通勤。他的老家大寮，还属于非常典型的农业地区，大多数的人以务农为生，也都习惯光着脚丫下田工作，常发生脚底被割伤、刺伤的情形，所以，辉雄伯的另一项工作，就是下班时要帮邻居带牛屎膏回去。

辉雄伯当时认为这个能治刺伤、消肿的药膏，调制后的颜色很像在乡下常见的牛大便，于是牛屎膏的药名，就这样被辉雄伯叫开，也叫上瘾了。这样叫着叫着也就习惯了，反而这种很乡土的名字有种莫名的亲切感！

制作牛屎膏还得挑好日子

当时研磨制作药膏所需的药粉，还得挑选好日子呢！不是啦，是挑选有阳光的好天气，因为调配好的药材，需要阳光充分晒干后才可研磨。时间长短，通常需要依日照条件而定，一般需要两三天；若遇到阴雨季节，就要在灶上以小火慢慢拌炒，低温烘焙到干燥，有时稍不慎药材就会焦掉，导致前功尽弃。

在凡士林尚未普及前，调制药膏所使用的基剂，最早是胡麻油加上石蜡或猪胆的混合物，再搅拌药粉做成药膏。药粉材料不外乎是些清热解毒、消炎止痛及活血的药材。后来，在当时的一些国术馆，普遍选择香蕉作为调制药膏的基剂，只是保存期限不长，会有一种发酵的味道。而在中药铺，后来也使用过蜂蜜来调制药膏，但成本过高，也就渐渐少有人使用了。在凡士林较为普及后，因其成本低廉，大家就纷纷改用凡士林作为基剂。

不过现在还是有些药膏会用胡麻油及石蜡，如大家熟知、常用来抹蚊虫咬伤或烫伤的紫云膏，那就是最好的例子。制作紫云膏一点都不难，只要将紫草、当归放入胡麻油中，以温油泡出药效后过滤，再加入石蜡溶解，用石蜡来调整所需药膏的软硬度即可。只是现代人都没时间动手制作，街角的药局或药妆店就有各式蚊虫咬伤或烫伤药膏，任君选择。

那段用传统药膏的岁月

老药铺传统复杂且费时费工所调制的药膏，在时代巨轮不断向前滚动之时，渐渐少有人关注。且现在也有相关规定，医药若需公开贩卖，必须有合法的工厂登记字号。主流医学科学化的仪器辅助诊疗，还有更加简便的制式药物或药膏取代了许多传统药膏，来为现代人服务。

传统药铺中，或许有些做法已不合乎时代需求，但那段使用传统药膏的岁月，却深植在我们这一代人的心中，是永远无法抹去的回忆。

随着时代变迁,老家门前的小巷子早已拓宽为大马路,对面的大粮仓,变成了连锁品牌KTV,辉雄伯也回家乡含饴弄孙,不用再帮左邻右舍购买他口中的牛屎膏了。

但老药铺依然还在,我们也需要赶上时代的脚步,用另一种方式继续为左邻右舍服务。

颜色和外观很像牛屎的牛屎膏

紫云膏怎么做？

因牛屎膏的制法较复杂，在家较难执行，改为分享药铺里过去常做，可纾缓日常蚊虫叮咬、烫伤的紫云膏给大家。

材料

当归35g、紫草70g、胡麻油700ml（将当归、紫草切小块放入胡麻油中预先浸泡），黄蜡150g、凡士林75g、冰片15g

高温制作法

1. 将泡置一天的胡麻油，以小火加热至130度左右，持续约20分钟后熄火，将当归及紫草滤出。
2. 过滤出的胡麻油，放置常温冷却。
3. 待温度回至约80度时，加入黄蜡及凡士林融化。
4. 待温度回至约60度时，加入冰片融化。
5. 在冰片融化后，尚未凝固前即可装瓶。

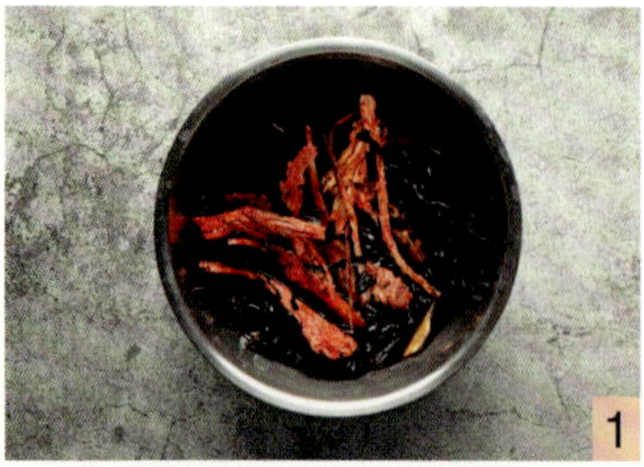
1

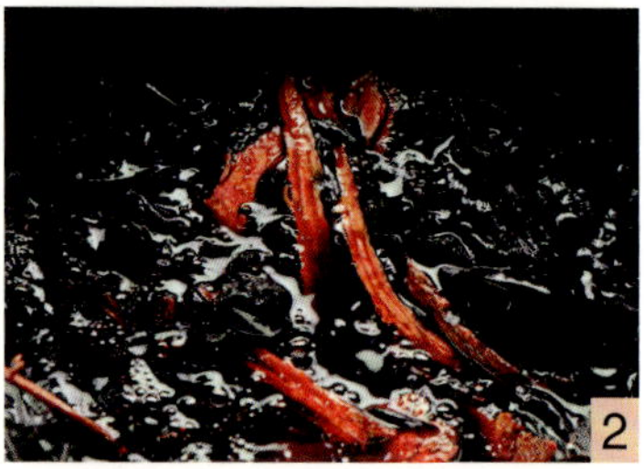
2

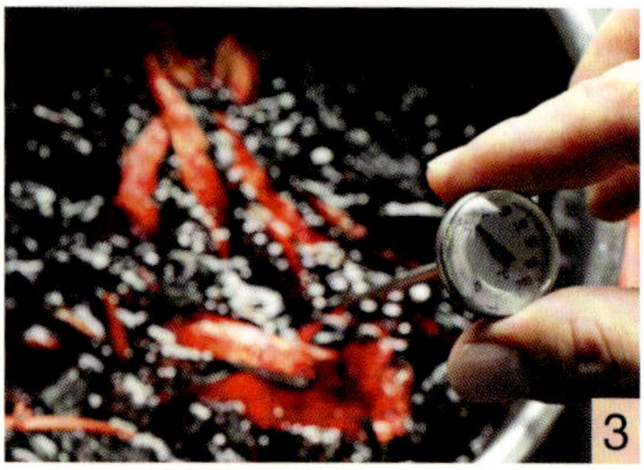
3

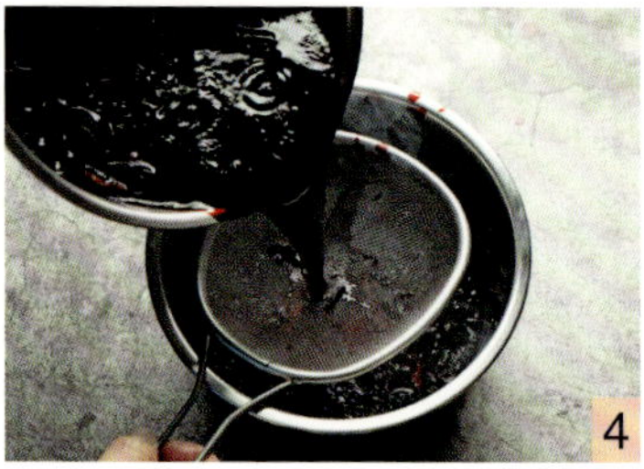
4

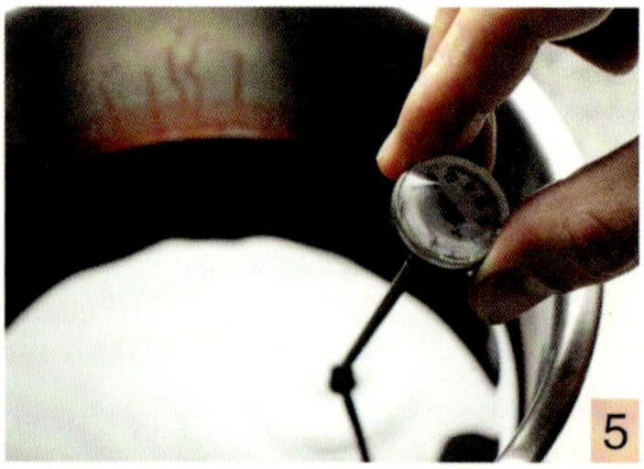
5

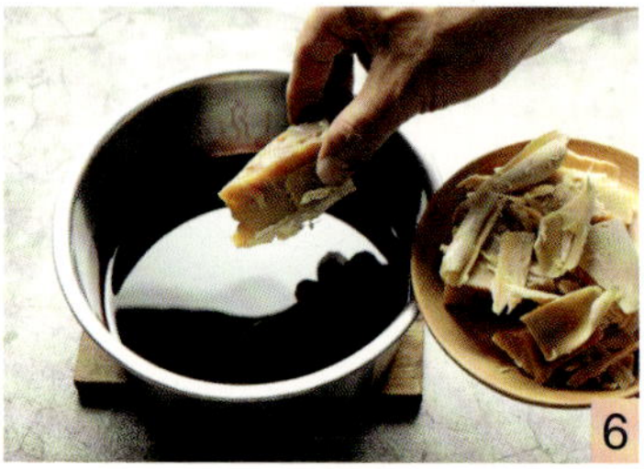
6

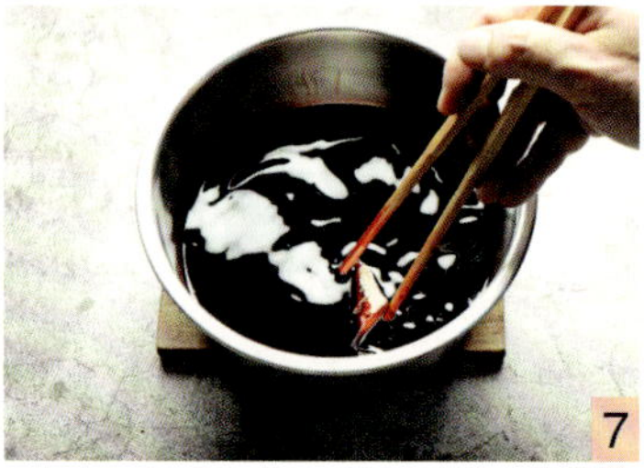
7

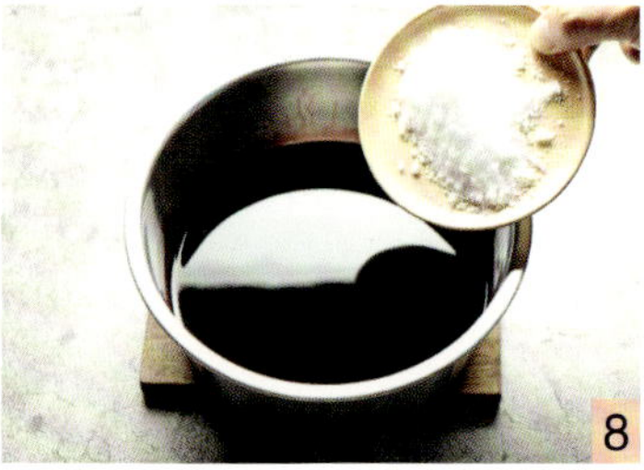
8

中温制作法

1. 将当归、紫草切小块放入胡麻油中浸泡，常温下浸泡一周。
2. 小火加热至约100度后即可熄火，将当归及紫草滤出。
3. 过滤出的胡麻油，放置常温冷却。
4. 待温度回至约80度时，加入黄蜡及凡士林融化。
5. 待温度回至约60度时，再加入冰片融化。
6. 在冰片融化后，尚未凝固前即可装瓶。

低温制作法

1. 将当归、紫草切小块放入胡麻油中浸泡，放置电锅中保温。
2. 保温期间温度维持60—70度三天。
3. 将当归及紫草滤出。
4. 过滤出的胡麻油，加入黄蜡、凡士林及冰片融化。
5. 尚未凝固前即可装瓶。

注意事项

1. 制作好的紫云膏需冷藏保存，以免放置时间过长，出现油耗味。
2. 亦可用橄榄油、香油或沙拉油代替胡麻油。
3. 若要让紫云膏质地更软，可适当增加凡士林的比例。

贵夫人的养颜圣品

> 内服、外用、纯天然；
> 经济状况好才用得起，
> 贵夫人的爱美首选，
> 非珍珠粉不可。

现代的男生、女生，大人、小孩，就连上了年纪的人都爱美，美这个名词已不再是女人的专有名词，而是大家都希望能拥有的。美容的东西，不管是吃的、抹的，一应俱全。不过在数十年前，爱美这两字应该还算是女人的专利吧！但爱美是要付出代价的，并非人人都负担得起。

高中有一年暑假，到工厂打暑期工。这是一家专做拉链外销的工厂，老板刚好是老爸的朋友。年轻人放假有打工念头，家长当然很高兴，还帮你物色好的工作地点，一来是熟识朋友开的工厂，二来有人就近监视，比较不容易学坏。由于有这两大原因，所以那一年暑假我就与拉链一起度过。

之前这家工厂的老板及老板娘两人经常到家里来，不过大多是为了老板娘而来。老板娘是爱美一族，当时保健品的选择不多，叫得出名号的也大多是舶来品，药铺的珍珠粉虽然价格不菲，并非人人消费得起，却是重要选项之一，不仅可外敷，更可内服，是纯天然产物，有钱人家的最佳选择。

打工的工厂外移，爱美的老板娘却留下来

打工这名词从小学起就时常出现在我寒暑假的生活中，上小学时第一个暑假打工的机会，是我们这附近的一个"孩子王"阿文兄提供的，做的是家庭代工。当时家庭代工所做的商品几乎都是外销，一逮到赚钱机会，每个小朋友都会自动凑一脚。我的印象还很清楚，那次做的是晒衣服的小木夹，一群小鬼由阿文兄领军，浩浩荡荡地骑着脚踏车，到工厂提货回来加工，经过将近一个月的努力，一群人大概完成了一布袋的小木夹。当阿文兄跟对方联络，请对方来收成品顺便结账，大伙还在幻想这些零花钱该怎么花的时候，对方却倒了！这下可好，没钱领，又留下一布袋的小

木夹，大家只好把小木夹给分了。在往后的好多年，家中没买过一只吊衣夹，这些夹子在每个小孩家里都用了好几年，想必当时大家的心里一定很不是滋味，毕竟第一次打工就出师不利，而大人的心情则是开心的，因为好多年都不用花钱买吊衣夹。

后来几年，大家都抢着到"台凤公司"打工，就是做外销凤梨罐头的那一家。夏天是凤梨产季，公司需要很多工读生。不管几岁，只要能削凤梨、挖凤梨心就可以上工了，不过这工作可热门，一定要暑假还没开始前就先去卡位，不然是抢不到的。一连抢了两三年，我都没抢到工作，证明我跟这家公司无缘，也就放弃到这家公司打工的念头。

上了高中后，打工的机会也愈来愈多，地点也离家愈来愈远。拉链工厂是我高中最后一个暑假打工的地点，当时正值台湾劳动力密集的产业纷纷外移的时候，那几年大家忙着外移，这家工厂的老板却很有气魄地说，无论如何，他都不会将工厂迁走，当时还引得老爸他们一群朋友的赞赏。不过他到底还是抵不过劳动力优势，以及他的上、下游客户都外移设厂的影响，他终究还是跟着外移了，后来便鲜少见到他到家里来。

老板娘是一个超爱美的女性，对于一般坊间常见的美容保健品并不喜欢，只钟爱珍珠粉。可能是习惯使然，她对于品质要求特别高，而且还指定要现磨的！所以家人还是会看到她固定出现，当然都是为了珍珠粉而来。

珍珠粉、慈禧太后与玉容散

其实当时已有药商在供应现成研磨成粉的珍珠粉，只是品质良莠不齐，有些甚至会用牡蛎壳来混充，为顾及品质，当时药铺的珍珠粉都在自家药铺研磨，而当时的研磨技术并不像现在这般先进，也没有所谓的纳米科技，要将这质地坚硬的珍珠研磨成细致粉末，实在是一项不小的工程。

磨个珍珠粉总是要耗掉大半天，老板娘又指定不要一般常见规格的珍珠，而要选用小如细沙的珍珠粒，说真的这种珍珠实在不好找。药铺的珍珠大部分都是产自大陆的淡水养珠，只有少部分产自东南亚，且没有海水养殖的珍珠，若要全部都是小如细沙，还真是少见，不过老板娘总认为个头小的珍珠，年纪轻，拿来保养特别有效，还好我家老爸够"龟毛"，早早就先找到货源，预先备好货，才能满足需求。

不过到底是否愈小颗的珍珠，就愈有效果，也没一定的说法，但年轻珍珠蚌所产出的珍珠粒，所含氨基酸及微量元素的比重较多较充足，这倒是真的。

当时没有纳米技术，一切都要自己来，从慢速的大型研磨机开始研磨，其间要不停地过筛研磨、再过筛再研磨，接着换到高速的珍珠专用研磨机，过程中还是不断地过筛研磨，等到真正的珍珠粉成形时，往往是半天以后的事了，真是一件累人的工作。那时年纪轻，不知道留住美丽有那么重要，可以为了一小瓶珍珠粉，甘愿等上大半天。

就如同当年慈禧太后，为了留住美丽，连鸽子大便或死掉的僵蚕都派上用场了，爱水[1]！这是千百年来所有女性共同追求的，说穿了，无非就是想要看起来年轻一些，到老时皮肤依然吹弹可破，留住一点看似年轻的尾巴。

不知道当时清朝的御医有没有禀告太后，她所用的这个在后世超有名的美容圣品——"玉容散"的配方，有加入鸽子大便及死掉的蚕宝宝？要是当时慈禧知道了，还用不用？那御医的项上人头是否还保得住？或许正因为慈禧不知情，也用得很高兴，才让这配方一直流传下来。

但毕竟我们都不是太后，也不太敢随意将鸽子大便及蚕宝宝的尸体往自己脸上涂抹，所以现在坊间所见到的汉方美容圣品"玉容散"，大都已去除这两个有卫生疑虑的成分了。

1　爱漂亮。闽南话中，"水"还有"漂亮"的意思。——编者

要留住美丽的方法何其多，不一定非要小珍珠、鸽子大便及死掉的蚕宝宝，拜现代科技所赐，这事变得容易多了，而且不只是女生的专利，还是全民运动，也不再分年轻或上了年纪的人、男生或女生，当年的老板娘只不过是其中一人罢了。

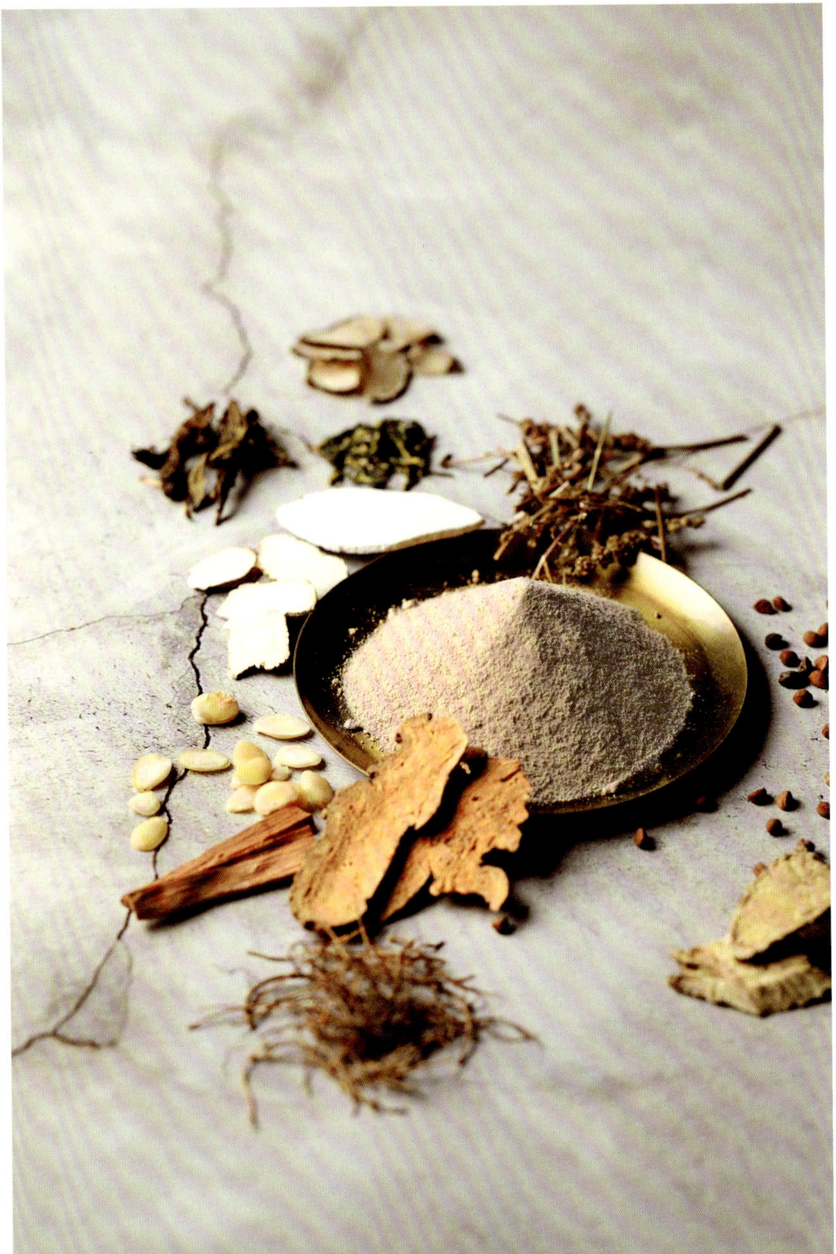

珍珠玉容散

材料 珍珠二两、白丑仁一两、白蔹一两、细辛一两、甘松香一两、白及一两、白莲芯一两、白茯苓一两、白芷一两、白术一两、白附子一两、白扁豆一两、绿豆粉一两、荆芥五钱、独活五钱、羌活五钱、防风五钱、檀香五钱

＊此为我家药铺老配方,因部分药材有卫生疑虑,已与当初清朝时的宫廷配方不同,此配方删除僵蚕、白丁香等,加入了珍珠。

＊汉方面膜除加水调和外,还可以依个人肤质加入其他基质调和或混合使用,如加入蛋清(美白、紧肤)、芦荟汁(镇定、紧肤)、小黄瓜汁(镇定、清爽)、牛奶(润肤、保湿)、蜂蜜(润肤、保湿)、丝瓜水(控油)等。

备注:一钱 = 3.75克;一两 = 37.5克。

半夜的犀牛角水

在医院的夜间急诊尚未普及前,偶尔,半夜里会有人来敲门,就为了一碗磨好的犀牛角水,让家中高烧不退的小孩退烧。

以前总会有人三不五时在夜里来敲老药铺的门,不管是敲前门还是敲后门,或直接在窗前大声呼喊,这时总要有人起床开门。

八十年代前,小地方没有大医院,也没有夜间急诊,如果遇到半夜生病发高烧,大人倒还好,总有办法挨到天亮再就医或到药铺抓药,若是小朋友半夜发高烧,大人就慌了手脚,怕高烧不退,烧坏脑袋可就麻烦了。虽然日后证明这是无稽之谈,不过在当时,尤其医疗不发达的年代，真是会让人害怕的。

因此，就算大半夜人们也要想尽办法，先让小孩的高烧退了再说，没地方送医，就只好来敲药铺的门。以前人情味重，即使半夜来敲门，药铺也是会有人起身应门的。知道来意后，多半是立刻磨一碗犀牛角水。虽然它要价不菲，不过会在半夜前来的多半是街坊邻居或是熟人，总之，先让来敲门的人带回家应急再说。

磨犀牛角粉，本身是件大工程

平日里，犀牛角通常就只会磨成粉，再小心翼翼分装成数小包。当时药铺并没有空的小药瓶，只能用包药粉专用的小纸张分装，让来药铺的人带回去保存。

将犀牛角磨成粉是一件大工程，一整支的犀牛角并没有专门的研磨工具，即使当年有小型的电动研磨机，也不适用，没有人会一次购买一整支犀牛角，再请药铺研磨，因为要价实在太昂贵，顶多就是"几分几分"地买，不会是"一钱一钱"地买。

犀牛角磨成粉，要动用锉刀，用细锉刀慢慢将犀牛角的粉末给"锉下来"，又不能开电风扇，万一粉末被风吹走损失就大了，在夏天只磨一丁点粉末，往往就满头大汗。

小时候，我对家里大人磨犀牛角印象深刻，但直到年长时都想不透一点，古人到底是如何把犀牛角磨制成粉末的。医药书籍《本草备要》记载了对于犀牛角的处理方式：用棉纸包裹，放置怀中，待干燥后再粉碎之。我到现在还是无法理解，犀牛角本就干燥且异常坚硬，真不知书上的"粉碎之"到底是如何粉碎。对我来说，直到现在这都还是个谜。

不过，用犀牛角磨犀牛角水就容易多了。拿一个内有一条条刻痕的钵，有点类似现在日本料理店用来磨山药泥的那种钵，倒入一杯水，慢慢将犀牛角在钵内磨出粉末就可以，过程中会闻到一股特有的味道，味道慢慢变重，钵内水的颜色会从清澈变灰白，那就大功告成。至于要磨多久，浓度如何辨别，是否会有预期的药效，端靠经验而定。

对于半夜来敲门的，药铺通常是用这种方法。

逛药铺像在逛动物博物馆

这七八百年来，犀牛角在中医药界占有一席"高贵"的地位，由于中国野生犀牛的数量不多，外来犀牛角就显得弥足珍贵。中医药将犀牛角纳入珍贵药材，史书早有记载，不过正式引进中国却是在明成祖时，相传是郑和下西洋时带回的。当年郑和奉了明成祖之令下西洋宣扬国威，顺便将异国所进贡的稀世珍宝及药材带回中国。虽然当时带回的犀牛角的名气,不如活的"麒麟"那般大,不过这犀牛角在中医药界的历史地位,重要性可远远超过活生生的"麒麟"。

九十年代,台湾早已有明令,将犀牛角列为禁止贩售的商品,药铺只得配合。目前应该没有出售犀牛角的店家,即使有犀牛角也只供观赏用,当作传家之宝。

以前,犀牛角是药铺必备的展示实力的药材之一。平日开张做生意,除了常用药材,药铺也会备有一些珍贵药材吸引贵客上门,以便展现实力。参、茸、燕、桂是基本的,一点不稀奇,珍珠、冬虫夏草、番红花也是必要的,而且还标榜道地药材,也总要来点特别的,犀牛角、虎骨、虎鞭、羚羊角、熊胆、海狗鞭,这才够看,就连大象皮,都名列珍贵药材之中,当时逛起药铺来,有点像在逛动物博物馆的感觉,如此也才有药铺的味道。

这些药材,一般人其实少有用到的机会,也多半有代用药材,可是很多达官贵人、富商巨贾为其疯狂,认为这样才真正有药效,还专程收藏。甚至传说,将犀牛角做成杯子,只要水倒入杯中,让它慢慢溶出成分,喝下杯中的水就有药效了。不过我家没有高贵的犀牛角杯,没机会尝试,也就不知道是否真有效。

在中国和世界各地华人聚居区,人们千百年来一直认为这类动物药材存在着某种神奇特殊的药效。

但因为珍稀动物受到滥捕滥杀，数量日益减少，九十年代后人们的环保意识逐渐加强，世界各地的动物保护团体纷纷将矛头指向爱用这些动物类药材的国家和地区。在国际舆论压力下，千百年来老祖宗的用药习惯，最终敌不过动物的哀嚎声，为顺应国际潮流，这类濒临绝种的动物也就逐步被列为禁用药品，禁了犀牛角，也顺势将象皮、虎鞭、虎骨、熊胆等这类"高贵"药材都禁了。

不过，这些动物类药材当时可都是药铺必备的"火力"之一。

记忆中的犀牛角，好像永远都用不完

当年药铺里的犀牛角分成"火犀"及"水犀"两种。它们产地不同，外观也不一样。"火犀"颜色呈灰黑色，"水犀"相较之下，偏白一点。非洲的黑犀牛和白犀牛的犀牛角称为"火犀"；印度及印尼的犀牛角则称为"水犀"。分辨它们其实不难，两者外观差异颇大，价格也大不同，通常火犀的价格会比水犀贵上数倍。

以前，我家药铺里有一支火犀牛角，短短的不算大，比起水犀牛角，只能算是小号尺寸，长度大概十二厘米，呈灰黑色，底座圆圆的，拿起来沉甸甸的，感觉很有分量。犀牛角前端经过长时间使用，已被磨圆，不再尖锐，看得出岁月的痕迹。

记忆中，打从我知道什么是犀牛角时，那支火犀牛角便存在了。当时药商并未有研磨好的犀牛角粉成品,所以不管是有人半夜来敲门,或是平常备货,药铺都是用那一支,每一次用细锉刀锉老半天,才能磨下一丁点的粉末,若是用钵来研磨成犀牛角水,更是看不出它经历摧残的痕迹,它似乎永远都用不完似的。

当时,药市中大部分见到的犀牛角以水犀牛角居多,也就是印度或印尼的犀牛角,火犀牛角数量少,大概是因为非洲比较远的关系吧!不过相传火犀牛角的药效比水犀牛角好,数量又少,价格自然居高不下,也是难以寻找的上品。对于这支稀有的火犀牛角,我家药铺自然视为镇店之宝,其间数度有人希望药铺割爱,长辈都回绝了。这支火犀牛角一直存放在药柜内,妥善保存着,为街坊邻居半夜的不时之需,尽着应有的本分。

火犀牛角正式易主

直到有一次,药铺来了一位熟客,我从小就见他三不五时出现在药铺,偶尔还请药铺帮他打理一些"细药"(一些比较昂贵的滋补药材),他是位地方官的家属,这次上门就指定要买这支镇店之宝——火犀牛角。

他说他找了好久,也寻遍了附近的药铺,只有我家有火犀牛角。虽然药铺这支犀牛角并非非卖品,不过也在药铺好多年了,一直充当街坊半夜的"救火队";大人也知道这支火犀牛角万一真卖出去,想要再找一支这等的上品,可就困难了。

一开始婉拒,不过这人不灰心,三天两头就到药铺来问那支火犀牛角还在不在,一来一回,经过好一段时间的折腾,最后还是让他称心了,这支跟了药铺几十年,也服务了街坊几十年的火犀牛角,正式易主。

印象深刻的是,那一支小小的犀牛角最后以十八万元台币成交,这在七十年代末八十年代初,算是药铺里一笔不小的交易,比当时上好的韩国人参要贵上数十倍,不过还不够买一栋房子,买辆汽车倒可以。

后来,药铺也曾再次拥有一支犀牛角,只不过是水犀牛角,虽然一样为街坊邻居服务,不过在感觉上就不大一样了,毕竟还是旧的有感情些。几年后,药铺也因道路拓宽及家族因素搬到新址,新的犀牛角也一并跟到新药铺,又过了几年,犀牛角及虎骨等都被禁用了。

现在医疗发达,少了这类"高贵"的药材来服务乡亲,也不再有人半夜来敲药铺的门。禁用这些药材后,大家并未因此变得体弱多病,日子照常过,相反的,无形中积了不少的阴德。

灰黑色的为火犀牛角，棕色的为水犀牛角

犀牛角水怎么磨？

老药铺会在钵里放一点水，上下来回慢磨犀牛角，一边磨一边和客人闲聊

磨出来的粉末入水，清水渐渐变成米白的犀牛角水，聊得越久，浓度越浓

从前药铺的"火药库"

少了犀牛角、虎骨、象皮、熊胆（保育类，目前皆禁用）等，药铺逛起来不再像逛动物博物馆，却一点也不减药铺本分。怀抱着对动物的敬意与保育观，记录曾有的过去。

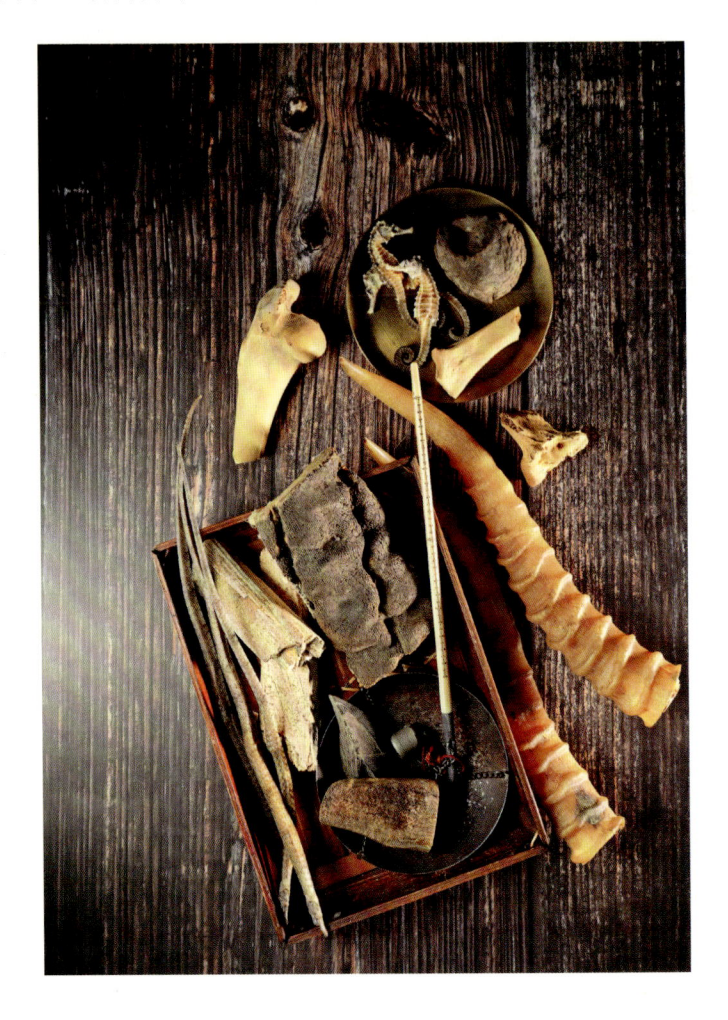

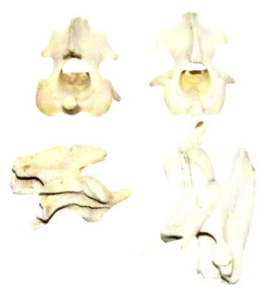

虎骨	熊胆
龙骨	麝香
羚羊角	象皮

辑三 内用、外服与道具

古早味脚动研磨机

以前药铺里的「机司头」千奇百怪，有像小型虎头铡的切药刀具，还有像船一样的脚动研磨机，要将药材切断、磨成粉，没有机器代劳，全得自己来。

刚开始就只为了一份胡椒盐！

梦中的胡椒盐

前几年一位朋友问我，药铺有没有在卖胡椒盐？我答"没有"。不过顶级的印尼产胡椒，药铺倒有不少。药铺里多的是药材及辛香料，或是曾帮客户调配的专用香料配方，但就是鲜少做调味料。朋友问我的当下，我有点好奇，胡椒盐随便到超市或便利商店买就是了，还有不少种类可供选择，为什么一定要来药铺里找？

我问了他缘由，他说他做了一场梦，梦境中有一瓶胡椒盐，里头有着梦幻的味道，如果找到就有机会成就美满的姻缘。梦醒之后，他便四处找寻那款梦中的胡椒盐，找遍各大卖场及便利商店，用过各厂牌的胡椒盐，都不符合要求，连生意好到大排长龙的咸酥鸡夜市摊贩他也没放过，只要标榜有独特口味的胡椒盐，他都会试一试，甚至会直接商请老板出售一些给他。其间，他也问了其他中药铺，不过没有一家肯为他调制专属的胡椒盐，他会问我，表示他尚未找寻到心目中那款有梦幻的味道的胡椒盐。

这事他找药铺，本就找错了方向。药铺或许对胡椒品种很熟，也肯定能分辨品质好坏，不过要将胡椒调成胡椒盐，又是另外一回事了。懂香料的药铺，不见得能调出令人满意的调味料，因为香料和调味料是两回事，虽然主角都是胡椒，结果却是大不同。

这些年药铺帮不少人调配专用辛香料，我心里想想这应该也算是小事一件，决定为这位朋友圆个梦，为他调配出一款专属的胡椒盐。不过这也让我惊觉，这么多年来，药铺一直为人调配各式香料及药方，却对日常生活中最常接触、几乎家家户户厨房都会有的、如此贴近我们生活的胡椒盐，不曾动过研发的念头。平常我自己家里要用胡椒盐，就是拿药铺里的胡椒粉及一些辛香料和盐，胡乱搅拌，便将就着用了。

不曾起心动念是因为总认为这胡椒盐是调味品，不是香料，那是调味品公司的事，而非药铺应该着墨的。不过朋友的一句话让我了解到，帮他圆一个梦，也就是帮自己圆一个梦。那就来调配一款自家厨房的"私藏胡椒盐"吧！

该有些什么风味呢？

问了一下朋友所希望的胡椒盐香气为何，胡椒的辣度及咸淡口味，是否还要夹杂另外辛香料的香味，大致了解后，我心中就有点谱了。

我回到家便着手写配方，一连写了三款，预先用药铺里的小型研磨机试调，待三种皆调配出来后，再挑选其中一款喜欢的微调。这事一切顺利，完全符合预期，第一次试做出的胡椒盐，已经与我心目中的味道及口感相去不远，这大概要归功于这些年遇到的客户给了药铺练功的机会，这次才能快速出成果。

最后一次微调后，我便认定这将是我家厨房以后的私藏胡椒盐！我将这款胡椒盐送给朋友，如同预期，它也正是朋友的梦幻胡椒盐。能够如此顺利地圆朋友的梦，都要拜科技的进步所赐，有了方便顺手的研磨机，要是在以前，这肯定是一件替自己找麻烦的差事。

以前要怎么研磨中药、香料？

在帮朋友研磨胡椒盐之前，我几乎忘了药铺地下室还放着一台古董级的研磨机。

以前的药铺，抓药配药是家常便饭！不过要将药材研磨成粉状，却是一件大工程。在简易研磨机尚未普及时，药铺的药材多半以原片药材为主，上门来的客人，拿的也大多是熬煮式的药方，上边不常见到药粉。虽然当时已有大型药厂，提供一些常见也常用的药粉，不过仍旧以单味药材的粉末居多，也多用于常见的药方。在浓缩中药尚未出现，也无专业代工研磨厂的年代，若是药铺开出的药方要用到药粉或丸药，就得自己想办法了。唯一的方法就是搬出药铺里古董级的"机司头"，慢慢进行一道道工序，等到将药材研磨成粉末状时，通常是三五天后了，不过这是在天气好的情形下，若是遇到天候不佳或梅雨季，就得花更多时间。

以前药铺里的"机司头"千奇百怪，有像小型虎头铡的切药刀具，俗称南剪及北剪，也有在日本料理店才看得到、专门磨山药泥的带刻痕的钵，这是磨犀牛角用的，或是烤药的小酒精灯（现在早已被电烤箱取代），以及像船一般的铁铸，上面放一个铁制的飞盘，靠飞盘的重量，慢慢地将药材碾碎、磨成药粉。

随着时代的变迁，药铺以前用的"机司头"已不符合需求，渐渐被淘汰更换而成为古董了。

干燥磨粉，时辰得看老天脸色

这几年药铺开始转型，对于中式香料领域，着力最深，为客户研发专属的香料配方。由于客户上门要求研发专用香料之初，尚未涉及大量生产，通常只需小量制作，以确认满意度，这时用药铺里的小型高速研磨机就绰绰有余了，时效上有很大的优势。

从我记事起，家中药铺就有研磨机了，只不过以前的研磨机都太过笨重，研磨一副药方得花上数小时，还得经过反复过筛，研磨效率也不佳，但比起更早之前，已进步甚多。而那台古董级的研磨机就收在药柜下的小空间，以前还在老家时，曾将这台"纯脚动"的研磨机给搬出来试玩了一次，虽是玩玩而已，就感觉到要将药材研磨成粉，不仅要看老天脸色，还需磨炼心智、训练耐心，一点都急不得。

以前药铺惯用自家开的药方，药厂现成研磨好的不一定适用。客人进了药铺，开了方子，抓好了药，要研磨成粉，何时能交出客人所需的成品，就要看老天的脸色了。

当时的药铺没有电烤箱，干燥药材的工作要交给太阳，太阳若是认真上班没偷懒，通常一两天就够，若太阳偷懒，日照的天数就要增加，若遇到雨季，别说干燥药材了，不发霉就算万幸了，这时要将药材放进铁锅，灶上升小火，慢慢地焙干。这步骤即使到了有电动研磨机的时代，遇到雨季也是比照办理，不过这火要小，温度不能太高，可不能将锅上的药材给烤焦了。

不管太阳是否有认真上班，总要想办法干燥药材，才能进行下一道研磨工序。没有电动机的年代，药铺就要搬出造型像船一般的研磨器具，那是以前请铁匠打造的，船形的两头往上翘成圆弧形，里面是一条深深的沟槽，搭配一个飞盘状的铁板，铁板两端各有一长长的柄，人坐在长板凳上，双脚踏在长柄上，将干燥药材放入沟槽，靠着双脚来回转动铁盘，慢慢碾碎药材，中间得不断过筛，将已经磨成细粉的药材筛出，就这样一次又一次地碾碎再过筛。第一次见到的人，肯定觉得新奇好玩，不过要是时间一久，哪怕是脾气再有棱有角的人，最后也会像那圆盘一样，圆圆满满，因为一坐上板凳，少则数小时，多则一两天才能完成这道工序。

我小时候玩过一次，不过因为没有经验，那踏在圆盘长柄上的双脚总是不听使唤。圆盘可不会乖乖听话来回转动，一切都要有功夫，不是每个人都能玩得动，需经过一段时间的训练，才能熟能生巧。不过小朋友通常没那份耐心，才坐上板凳，发现没想象中好玩，就草草溜下来了。

以前研磨药粉是件累人的事，不过这也是药铺自找的，谁叫自己开的方子，需要研磨成粉的药材呢！不过这还不是最麻烦的，若是药方注明要蜜成药丸，就真的给自己找麻烦了！不过话说回来，有些药方本就该做成药丸，以作为长期服用的保健药，即使工序再多、耗费的时间再长，都是药铺分内之事，真要佩服以前药铺掌柜们的耐心。

不对，应该是佩服学徒的耐心，这些无聊的事，大部分都是学徒的工作，而他们即使经过三年零四个月后，都还无法出师。药铺这行没有三年零四个月就可以出师的行规，不为别的，因为学徒三年零四个月根本没办法将药材全部摸透，更别说是帮人开药方了。

那台手动的制药丸机器，早已不见踪影，而那台古董级的脚动研磨机，自从药铺一九八五年搬到新址后，便一直搁在地下室，没机会搬出来重新整理一番。偶然一次，我到地下室寻找某样物品，不小心看到它，因为多年没用，锈蚀斑斑，磨药的圆盘长柄也已断裂脱落，显得垂垂老矣。或许有一天心血来潮，我会再度将它搬出来，除锈打亮一番，也将那断柄的圆盘，请个手艺精湛的木工师父，好好整修，以这台古董级的全脚动研磨机取代那支火犀，作为镇店之宝！

时代的进步，有时会让人遗忘以前重要的东西。我无意间帮朋友圆一个梦，勾起了自己从前的重要回忆。或许有一天，我要为老药铺圆一个梦,让这个曾是药铺重要帮手的全脚动研磨机,再次进驻药铺,重温它的光荣岁月!

脚动研磨机

双脚踩在柄上,来回滚动,铁杵磨成绣花针,慢慢将药材碾碎过筛再磨成粉。

南剪

大型的切药片刀具，分为南剪及北剪，南剪刀柄与刀片呈45度，北剪呈90度，都是用来将大宗常见药材切成片状的刀具

手动制药丸机

将药粉加入蜂蜜中，慢慢拌匀，先塑形成立方体，切片放入机器中转动手把，分切成条状，再将药条横放入机台，分切成小颗粒状，一边放一边控制转速，让药丸更圆，完成后可再依需求做后续加工，如裹上朱砂粉等

电动当归切片机

将当归条以米酒泡制，吸附酒精并变软后，一次一条，依次放入当归机切片内，慢慢将当归切成适用的薄片

辑三　内用、外服与道具　259

私房胡椒盐

材料 岩盐30g、白胡椒10g、黑胡椒30g、香蒜粉10g、辣椒粉5g、花椒粉5g、味精（细糖粉或鸡粉）15g、五香粉3g、肉桂粉3g

做法 一起放入果汁机，研磨混合均匀即可

TIPS
美味小秘诀

1. 加入味精或鸡粉、细糖粉，目的是补充氨基酸并让整体风味柔和，味道更有层次。
2. 使用岩盐或玫瑰盐，可让胡椒盐不死咸。
3. 在选择黑、白胡椒粉时，若可现场研磨，风味更佳。

私房五香粉

材料 越南清化桂60g、汉源红花椒40g、八角40g、丁香14g、小茴香50g、高良姜20g、芫荽籽20g

做法 混合后以慢速研磨机研磨成粉即可。

TIPS
美味小秘诀
1. 越南清化桂、汉源红花椒风味极佳，可使自制五香粉迅速提升层次。
2. 若无越南清化桂、汉源红花椒，也可用一般肉桂、花椒替代。

运功散

> 运功散、行气散、伤药粉、七厘散，
> 每间药铺都有自己的行气配方，
> 我家沿用古名七厘散，
> 记录着这珍贵药材的故事。

老家附近有一家台湾知名的药铺，不过以前我年纪小，冒险的范围也小，加上那家药铺店门不起眼，即使常经过也没有注意到。终于一次偶然的机会，我经过时刚好抬头，发现它挂着一块已发黑的木制匾额，上头写着斗大的几个字——"铁牛运功散"，这才惊觉，原来这家不起眼的店面竟然是知名的运功散本铺。

只生产一种商品的店铺

铁牛运功散的代言人,相信大家都很熟悉,也就是服义务役最久的阿荣。在我小时候常出现在电视荧屏里的这个当兵的男主角,等我服完兵役后,他依然还在荧屏里。这让人好奇,他的部队到底在哪?怎么可能服兵役三十多年还未退伍?我想阿荣家中二老,一定每天引颈期盼,儿子早日平安退伍,好回家当个孝顺儿子。

这家店只出产一种商品,就是大家耳熟能详的运功散。经过时,绝大多数的人都不知道,这家店曾经是一家药铺,店内摆设依然维持数十年前的样子,似乎都没更动过,门外依旧是早期的铁拉门,即使关了铁拉门,只要木门没关,还是能清楚看见里头的一切,由于里面并无放置中药柜,要是没看到门上的旧木匾,还真不知道这是一家知名店铺的发迹地。

凤山有运功散,嘉义北港有闻名全台的行气散,不管是运功散还是行气散,每家药铺都有相似的药方,作用也都大同小异,不过在取名上,就不太一样了。但大体上都是运功、行气,也有的叫伤药粉或是传统旧名七厘散,我家就是沿用传统药方名七厘散,虽然这个名字较少人使用,不过因为有着特殊的意义,就一直沿用下来了。

一些父执辈的同业都说，铁牛运功散本铺真有生意头脑，只生产畅销的药品，且是每间药铺都有的，然后搭上广告的顺风车，强力播送。当时这类药品，几乎是体力工作者或运动员、常出操的阿兵哥的必备保健药品，一经广告的放送，立马成为全台知名的畅销药品，单靠一项商品，就足以带来可观的财富了！

小时候我的凤山冒险路线

从老家旁顺着小巷子走到大马路，右转后会先经过相连的四家中药铺，这一带是全凤山药铺最密集的地方，过了相连的药铺后，会看到"文友"文具行，这也是当时凤山知名的一家店，在大型书店尚未诞生之前，这家算是最有名的，不过终究还是敌不过大型书店的竞争而吹了熄灯号。文具行前有一家只卖夜宵的面摊，晚上肚子饿时，老妈会偷偷塞给我三块钱，去吃上一碗阳春面打打牙祭。

再过去不远，就是那家最有名的面包店"上海老大房"，这家店现在早已不存在，不过当时可是大名鼎鼎，但他家的面包贵，一直到阿公做七十大寿，我才有机会吃到这家的蛋糕。要不是阿公生日，我猜可能直到它歇业，我都没机会吃呢。

走过上海老大房，过了红绿灯就是当时凤山最大的电影院——凤山戏院，这是还不会骑脚踏车的我，以脚西行最远的冒险范围。第一次看电影便是在这里，我还记得电影的名字《汪洋中的一条船》。我和一大群人一起进来，大部分的人都是挂着拐杖或坐着轮椅来，再由家人抱进戏院的，当时也不知道是怎么一回事，后来才懂，这场电影是老爸包下来的，虽然他不富有，身上也有着一点点的缺陷，却为了鼓励同是身障者的朋友们，包场请他们看这一部由郑丰喜小说改编的电影，算是共同勉励吧！不过当时我年纪小，无法体会电影里的情感，只记得当时真的跟好多人在一起看。

时过二十几年，再看重拍的电视剧，一样是《汪洋中的一条船》，感受却大大不同了。我这也才体会到，老爸当时为什么要包下电影院请大家看电影，或许他童年时的体会，和郑丰喜差不多吧。

到了凤山戏院，其实就快到铁牛运功散的药铺了，不过现在只要经过这家店，都会忍不住想着阿荣何时要退伍。现在当兵出操不会太多，应该不用老是再叫家里帮他寄运功散过去了吧！

"厘"是很小的计量单位，记录着当年珍贵药材的剂量

运功散在一般药铺大多叫"伤药粉"，一看名字就知道作用，简单明了、一目了然，这种保健药品在当时算是一种很流行的商品，主要在于当时从事体力工作者较多，还有阿兵哥行军出操及从事激烈运动的运动员，只要感觉呼吸不顺畅或是胸口闷胀，通常都会来上一小匙，顺气保养一下。

就像住在老家后面万生舅公最小的儿子，从初中开始就是足球运动员，总是跑跑跳跳，难免会有碰伤撞伤，似乎那已成为他日常生活中必备的，就像有人外出，一定要带上正露丸[1]以备不时之需一样。

每当看到万生舅婆到家里来，就知道大概是为她那个小儿子来的。只见老爸拿出朱砂粒，称好重量，放进药钵中，慢慢地研磨，这需要一些时间，也刚好借此机会，闲话家常。

朱砂粒尚未研磨时，外观像铁沙，研磨后，呈暗红色再转鲜红色，只要再和自家预先研磨好的药粉混合，就完成了！

不过说到万生舅婆，她还有另一项治病的绝招，是我无法想象的。只要孙子生病或胀气时，她会抓起会飞的"小强"[2]，摘下它的肚子给孙子吃，这是她独特的治病方式，不过还好孙子也都平安长大。庆幸我不是出生在他们家，要不然小时候肯定常吃"小强"大餐了。

---

1 治疗腹胀、腹泻的药丸。——编者
2 蟑螂。——编者

我家一直沿用"七厘散"这个药方名称，其实"厘"是一个重量单位，药铺里常使用"两"或是"钱"，"厘"是少用的，若用这个计量单位，通常是售价非常昂贵的珍贵药材，表示只做保健之用，因为剂量很轻，若作治疗疾病之用，恐怕无法达到预期的效果。

　　一钱等于三点七五克，一钱是十分，一分是十厘，七厘换算成现在常用的克重，不过零点二六克左右，如此轻的重量，可想而知，理当是作为日常保健之用。

　　古代不像现在，药铺内都有附上药粉专用的小药匙，方便计算服用的重量。在古代，通常药铺掌柜在嘱咐病人用药分量时，一般常用的单位为"钱匕"，一来当时没有服药专用的小药匙，二来历朝历代都用铜板来指示服药的重量，因此将铜板当成现代的药匙来看待，相对而言比较公正客观。例如感冒药如果要服用"三钱匕"的药量，就用铜板往药罐内舀三次，如此便是"三钱匕"，通常七厘散、运功散这类保健药品，大约半钱匕或是更少的量就可以了。虽然以现在的卫生观念看，将铜板当作药匙使用，不够卫生，但在以前农业社会，或是更早之前，不失为度量衡的好方式，大家的铜板都一样，不会有用药过量的问题。

　　不过现在这类运功散的配方，和以前都不太一样了。以前家境好一些的人家，对于这类药品通常比较讲究，常会添加"高贵"

药材来增加效果，如熊胆、麝香或是朱砂，彼时这些药材尚未被列入管制药或是禁药。但是否添加了这些药材后，真能增加药效？其实大家的说法并不一致，也各说各话。

朱砂尤其是当时家家药铺必备的，除了一般行气散会用到，还普遍运用在其他药方中，不过当此类药材被禁用后，朱砂便是神明专用的了。神明用了会保佑大家平安。朱砂多用在庙宇中神明的开光点眼，或是撰写梳文及避邪。

没有"高贵"的药材，还算不算运功散？我想当然还是要算，只是现代人的选择比起以前多太多，保健药品多到不知从何选起，不像当时的人，也只能选择要到哪一家药铺去配药而已。一个长青的药品广告，勾起了童年的回忆，即使已经过了三十多年。

不过我还是比较关心，到底阿荣何时才退伍呢？

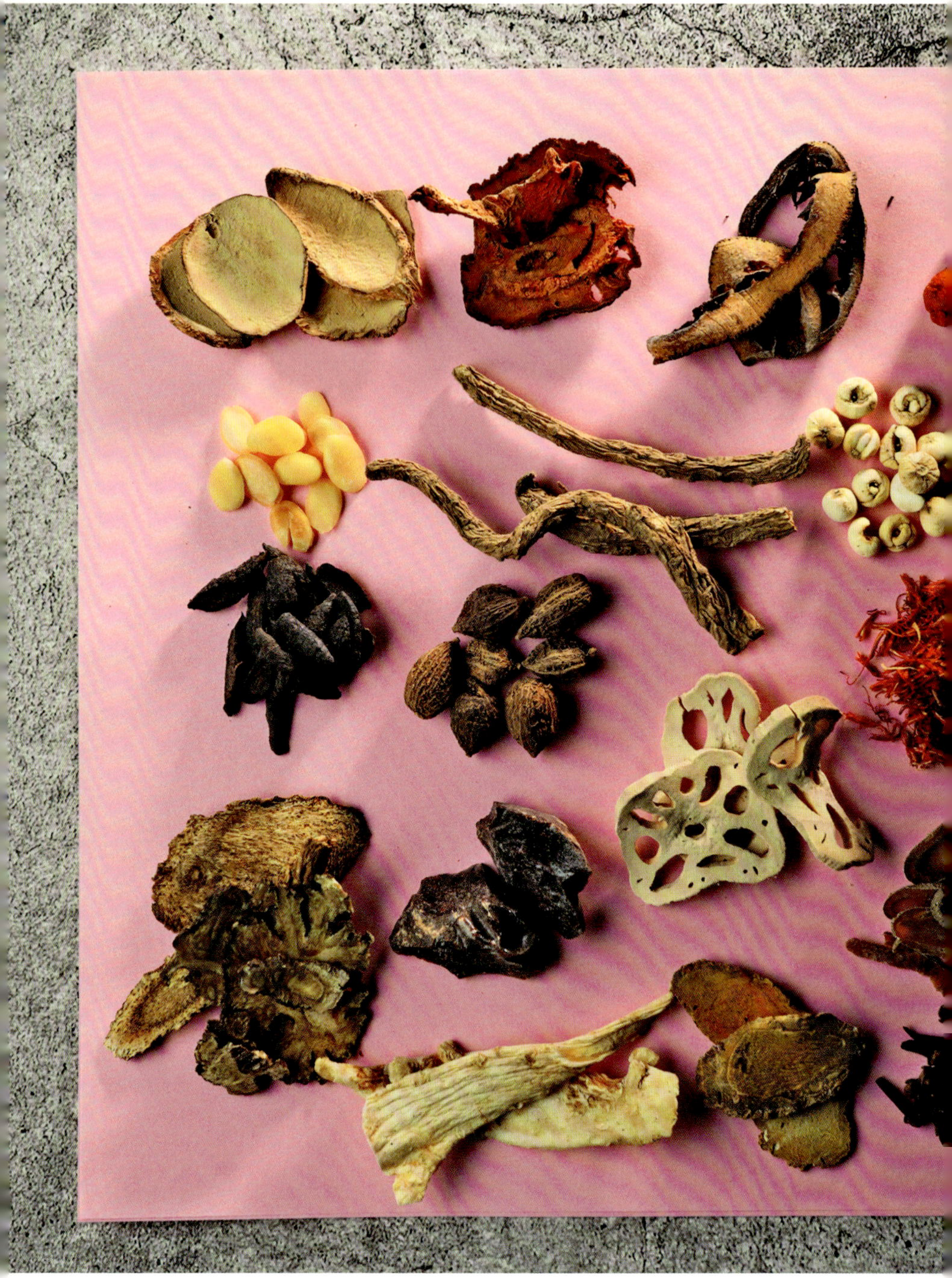

阿公和老爸时代的七厘散配方

阿公时代的七厘散配方

梅片八两、郁金八两、枳壳八两、白扁豆八两、紫苏子八两、川七八两、荆三棱八两、莪术八两、香附八两、白豆蔻八两、砂仁八两、栝楼仁八两、木瓜八两、川红花八两、木香八两、丁香六两、泽兰八两、川芎八两、当归尾八两、栀子八两、莲藕八两、血竭八两、桔梗八两、黄芩八两、枇杷叶八两、百合八两、乌甜叶八两、金不换八两、甘草八两、川贝母八两

老爸时代的七厘散配方

丁香八两、木香八两、桔梗八两、香附十两、川红花八两、泽兰八两、砂仁八两、栀子八两、黄芩八两、郁金十两、赤石脂十两、金不换八两、苏子八两、川芎八两、当归尾八两、荆三棱八两、莪术八两、薄荷八两、甘草八两、木瓜八两、栝楼仁十两、枳壳十两、白扁豆八两、莲藕十两、沉香八两、枇杷叶八两、乌甜叶八两、川贝母八两、牛膝八两、生地黄十两、白芷八两、续断八两、白豆蔻八两、血竭八两、川七八两、百合八两、梅片八两

备注：一两 =37.5 克。

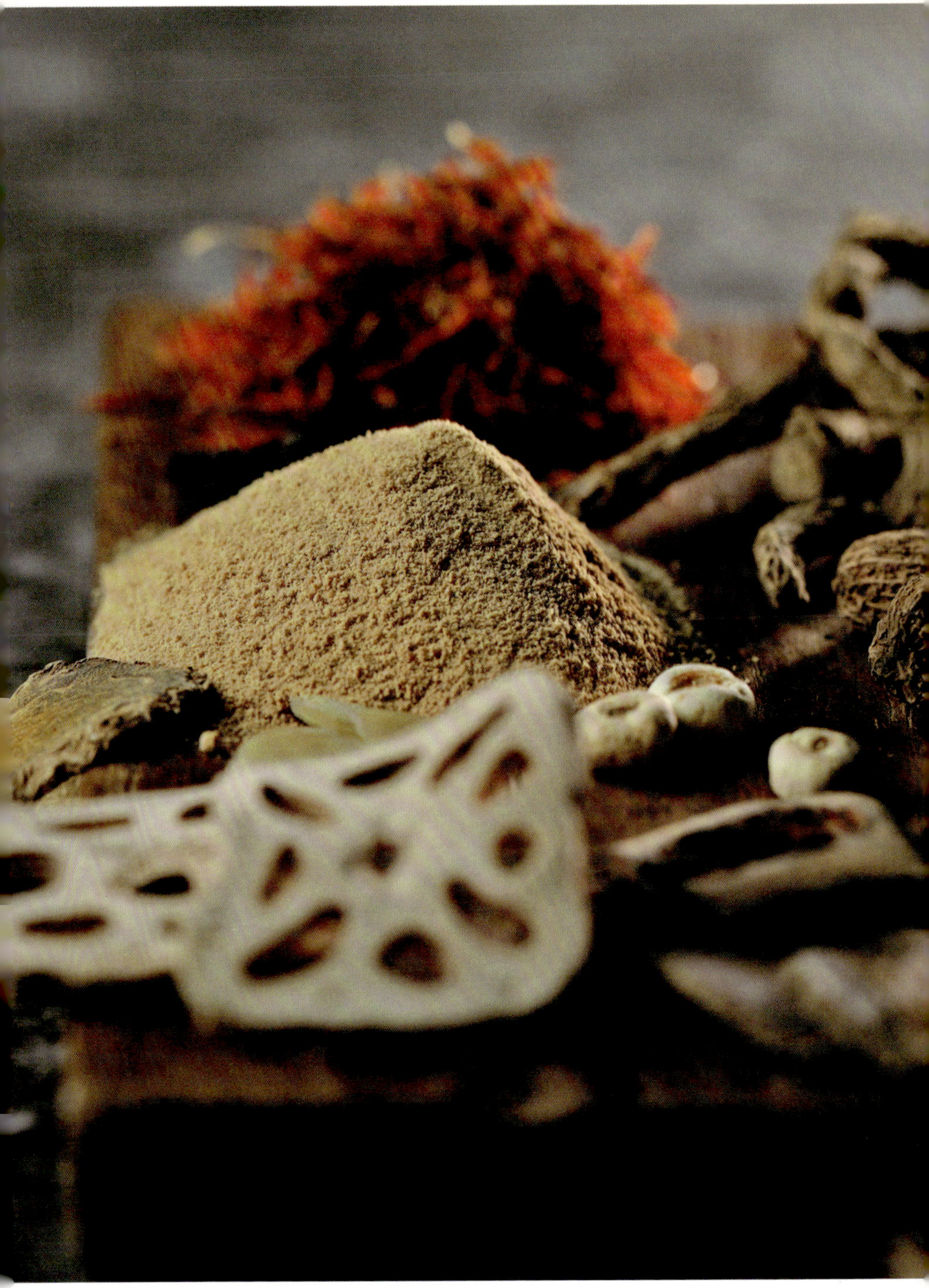

农业社会，劳动人口较多，当时药铺七厘散的需求量大，无法每次都等客人上门后，再研磨所需的一小瓶。所以常见的方式是，一次把基础方剂大量制作出来，待客户上门后，再依照个人需求或价格，加入其他药材或珍贵的细药，做后端的加工研磨或组合。

做法及注意事项　　烘焙干燥后即可研磨成粉

将药材分成两部分烘焙。有些药材本身比较干燥，有些药材带有油脂或黏性较重，这部分通常就需额外干燥或更长时间的烘焙，才能混合做后续的研磨。

辑四　后记

接班与竞争

> 对药铺来说，
> 什么是接班？什么是竞争？
> 没有商业利益的接班，
> 一场自己跟自己的竞争，
> 是危机，也是转机，来挑战看看吧！

药铺的接班一向不是问题，不像大企业，有着庞大的资产与利益，会引起各房子女的觊觎与角力。药铺的接班，一般都不是为了金钱，传承与保留占极为重要的部分，不过也因为少了经济的诱因，延续药铺香火变得比其他问题更艰难！

中医曾是台湾重要的主流医学

以前的药铺，理所当然和其他传统产业一样，都是采取师徒制或子承父业。这当中药铺大多是子承父业,药材盘商除了子承父业,师徒制的比例则要比药铺高一些。

以前家里孩子生得多,有足够劳动人口来应付家中工作,药铺杂事多,需要人帮忙,再者药铺也需要有人传承,所以家中男孩便是第一选择,不管是因为从小在药铺帮忙,时间一久便自然传承下来,还是半强迫的方式,要求家中小孩留下来,承接家业,自然都会有人来担任此任务。我家老爸即属于前者,当年小学毕业后,便留在家中帮忙,且家中其他兄弟皆志不在此,久而久之便顺理成章地接下家业。

由于中医以前在台湾社会算主流医学,药铺多半能顺利传承,虽然当时也有医院或诊所,但毕竟是少数,药铺能撑起自己的一片天。人们上门看病、抓药、买药甚至买滋补品,在当时都属大宗消费,只要功夫尚可,又能凭良心做生意,就不愁没客源。既然中医是当时的主流,药铺传承自然不是问题,不单单是自家小孩愿意留在药铺当学徒,还有好些人家,也愿意将小孩往药铺或药商那里送,学一技之长,也巴望着,将来有一天他能开一家属于自己的药铺,过过当"先生"的瘾头。

在药商那里,学徒的比例更高,由于当年药材的后段加工,几乎都是在台湾本地进行的,对人力的需求更是殷切。一些较具规模的药商,除正式员工外,还有不少学徒,甚至备有宿舍提供给远道而来的员工住宿。

台湾的传统药铺，经过长时间岁月的洗刷，早已成为日常生活的一部分，和大家密不可分，甚少听过从大陆来的新药铺，即便是当年国民党政权来台，风雨飘摇，数百万人一下子涌进来，也没遇过操着外省口音的人开药铺，或许有，不过我在这乡下地方没见过，但外来的阿兵哥倒是见了不少。

从主流走向凋零

台湾光复后，岛内没有迁来新的药铺，人们涌进这"番薯仔地"，除了军队、公务人员，一般平民百姓、各行各业的从业者也多，当时在眷村附近的药铺，要是遇上这群人上门购买药材，可就要大费一番周章！拿药方的还好，只要照着方子抓药，语言上的隔阂不是太大问题，要是购买药材或上门看病，难免鸡同鸭讲，需要笔墨伺候才能搞定，那时篱笆内和篱笆外的生活，语言不通，是两个截然不同的世界。

时代不断变迁，传统中医从主流医学慢慢变成辅助医学，当主流不再是主流时，代表着药铺的形态及主观价值将发生重要的改变，再者相关法规也不再站在药铺这边，经营起来，就显得更加令人伤感了。

从实施劳健保到健保纳入中医药相关给付开始，传统药铺的经营形态，也慢慢与社会脱节了。现在的药铺，与其说是与别的同业竞争，倒不如说是与自己竞争。从主流医学的主客易位，到健保纳入中医药、中医诊所快速兴起，人们不再上药铺，这些都严重挤压了传统药铺的生存空间。

但药铺也并非就此一蹶不振，由于社会形态的改变，各种"文明病"不断出现，促使各类养生药膳和保健食品诞生，而这也要归功于老祖宗长久以来的生活智慧。老祖宗讲求"上工治未病"，正贴合现代人追求养生的观念，也让药铺重新找到一个定位，不再只是抓药治病，而是慢慢导向养生预防。

眼光及思绪转变快的药铺，早早就在变化之初，凭着灵敏的嗅觉，开始转变。顺利的，目前大多已重新培养出另一批的"死忠粉丝"。

未能顺利转型的药铺，逐渐凋零，比例远远多过转型成功的药铺。十几年来，收摊的不在少数，新药铺开张的更是寥寥可数，这半新不旧或垂垂老矣的药铺尚在苦撑，但也慢慢地走向"黄昏"。

转型是当前最重要的议题

从主流医学到辅助医学，再到后来慢慢没落，还好，现代人注重养生，才让老祖宗流传下来的智慧结晶有用武之地，让药铺有新的方向可追寻。俗话说得好，"穷不离当铺，富不离药铺"，挨过了冬天，下次再见到时，就会是春天了。

一路慢慢地走下去！

我永远的黑狗兄

得过天花,逃过鬼门关,经历过行动不便,种种磨难,造就出老爸的一生豁达,做药铺就是做人,良心为上。

我阿爸一生都与中药为伍,从出生到终老,都在中药堆里度过。他对中医药下了一个注解,"真药医假病,真病无药医"。是呀,生命会走到尽头,有道是神仙难救无命鬼。他一生中见过太多生老病死,从他嘴里说出这一句话,虽然沉重,却也中肯。

爱吃鱼的黑狗兄

老爸是我的黑狗兄,记忆中他

总喜欢打扮得整整齐齐。出入正式场合,他一定会穿上西装,打上心爱的领带,也总喜欢在店铺打烊后,骑着那台绿色"伟士牌",外出漂撇,或是找朋友喝上两杯。有时心血来潮,他也会带着一家大小,到当时最红的西餐厅吃夜宵,吃的还是当时最流行的清粥小菜。

没错!就是清粥小菜。彼时西餐厅夜宵流行的是清粥小菜而非牛排,即使是粗茶淡饭的小菜记忆,都足够让我们兄弟姊妹,怀念一辈子了。

老爸爱吃鱼,以前都不知道他为什么那么爱吃鱼,后来慢慢听到大人提起这段往事,长大后也才能体会那种滋味。

他是老药铺第二代传人,不过差一点药铺就没人继承了,如果当初他没继承,也就没有后来的这些故事。

一生豁达,做自己相信的事

老药铺开张于一九三六年,刚开张不久,就遇到二战爆发。虽然前几年,台湾暂无战事,不过不久后就遇到美军轰炸。我家老爸出生在美军轰炸的年代,据阿嬷说,每次遇到空袭警报的时候,一家大小就要找地方躲。阿嬷说躲轰炸最好就是到人烟稀少的地方,只要不是在军营或政府机关附近就没问题,她总是手牵大的，后面背着我老爸，和邻居从凤山一路走到大树去躲空袭。凤山到大树有多远？骑机车大约三十分钟。

躲过了空袭，挨到台湾光复，一切应该都会渐渐顺利起来吧，至少不用再躲空袭，我阿嬷当时是这么想的。

可安定的日子没过几天，老爸就得了天花。这在当时是一种死亡率极高的疾病，据大伯母回忆道，当时大家都认定我老爸是过不了这关的，不过在那段时间，阿公一样为我老爸熬药喂汤汁，阿嬷则是努力地烧香拜佛，大家都希望奇迹出现。不知道是阿嬷拜的佛祖比较厉害，还是阿公开的药方比较神，后来老爸真的奇迹般地捡回一条小命。长大后每每听到老爸或姑妈提起这段，他们总是云淡风轻地带过，但眼神总有一丝回到童年时光的感觉。

躺在旧门板上在屋外等死的日子，无法到处乱跑，那是老爸最难熬的一段岁月。当时的凤山溪还很清澈，吃鱼根本不用花钱，邻居里较年长的大哥哥常到凤山溪捞鱼，来为家中加菜。往往有一些较小条的吴郭鱼，邻居会干煎后，再把它带到屋外的屋檐下，小心地用筷子剥下鱼肉给我老爸解馋。这小小的鱼干，就足以让老爸高兴老半天。我想当时他高兴的表情应该是溢于言表、难以形容的，只不过现在的凤山溪早已不再清澈，也没有鱼的踪影了。

当时生病期间，老爸手脚严重溃烂，导致康复后，手脚有些许变形，外观和常人的不太一样。不过这些对他来说，并不重要，重要的是他捡回了一条小命。

小时候看着他，用那双不对称的双手切药，总感觉不可思议。以前中药铺所用的药材，绝大部分要自己加工，使用的刀，也不是我们现在常见的切药刀。当时做药材加工所使用的刀具，有点像缩小版的虎头铡，一般人手掌够大，只要勤加练习，自然熟能生巧，只是老爸的手掌比一般人要小上一号，所以看他做药材加工，且能将大型刀具运用得如此得心应手，真是不可思议！这招我也没学会，因为后来都交给机器代劳了。

老爸一生豁达，从小鱼干中领会知足，这可能跟他小时候捡回了小命有关，但对于他的最爱，却有着"龟毛"的性格。说他悬壶济世也许太过沉重，但对中药材的品质要求，他的确有他的坚持。他曾经连退五次盘商送来的货，或是直接去盘商那里挑选想要的品项，如果知道某些中药材，加工不像从前那般讲究，他也会利用家中的大灶，反复做着烦人且费工的九蒸九晒加工……诸如此类，不胜枚举，这在盘商间还引起了小小的轰动。这一切在二十几年前少有人重视，也或许被认为是小事一件，但老爸把小事都当作大事看待，一切就只为了满足他对药材品质的要求，因为他说："这是一种良心事业！"

小时候躲过空袭、吃着邻居送的干煎小鱼、躺在屋外旧门板上等着老天爷把他带走，如此种种，都是他一生无法忘记的童年记忆，当子女的我们早已听过千百遍，可倒背如流了，而他对中药材的坚持，也同样深植在我们这些当子女的内心深处。

你——永远是我的黑狗兄！

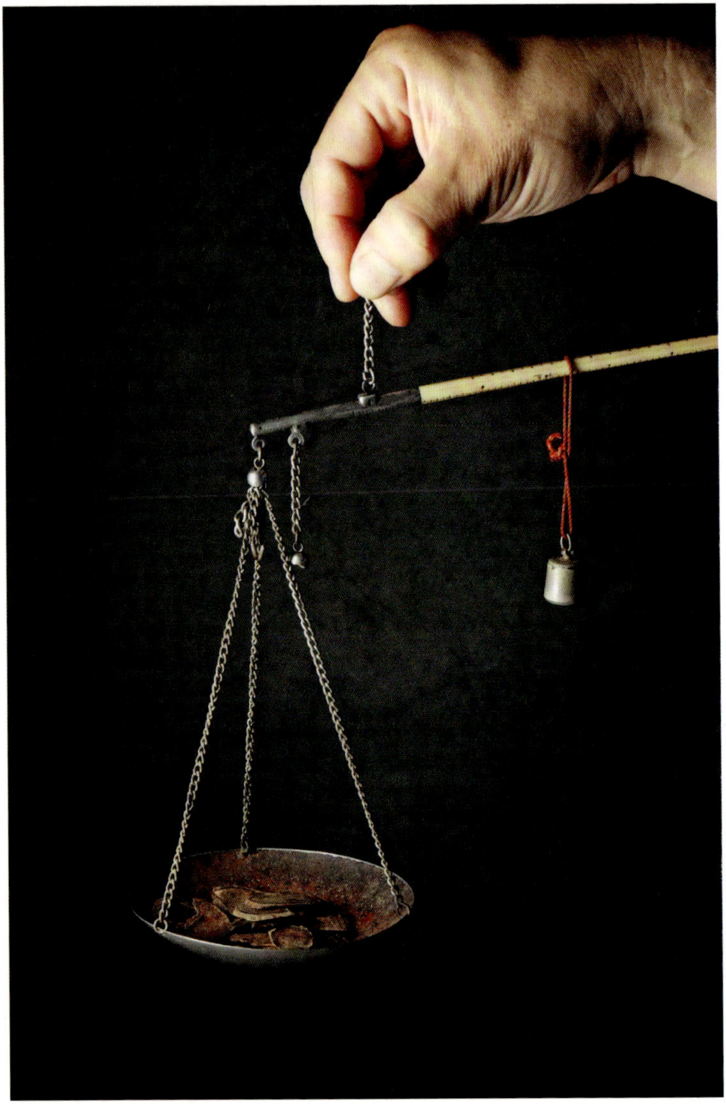

辑五　香料、药材一览

白胡椒 ／ 祛湿散寒

胡椒成熟的果实去皮晒干而成，质地较细，气味清新，在中式料理中对肉类、海鲜能去腥增香，在凉性食材中或煲汤时适量加入，既可调味亦可祛湿散寒，更是台式小吃的必备香料。

黑胡椒 ／ 高温让气味更好散发

胡椒未成熟的果实直接晒干而成，质地较粗，辣度较辣，含精油量也高，气味明显，西式菜肴及铁板料理中的鱼鲜、红肉常使用黑胡椒调味，高温能让其味道彻底散发，更加浓郁。

注：胡椒大多生于高温湿润的环境中，性温辛辣。胡椒的生长环境越热，胡椒的气性越温热。

荜茇（长胡椒） ／ 有清新果香的胡椒

属胡椒的一种，晒干的果实含有丰富的挥发精油，除辛辣味，还多了清新的果香，常用于麻辣锅的配方里，加到槟榔里的荖藤（荖花）便是新鲜的荜茇，心脏不好者吃多容易心跳加速，适量添加即可。

肉桂 ／ 料理、甜点到饮料，全都用得上

樟科植物的树皮，气味浓烈，等级愈高，肉桂醇含量愈高，辛辣及甜度更明显，早期在老药铺是好用的强心药。在香料界的用途很广，从中式、西式料理到烘焙、咖啡都能用上，增香提味无国界。

注：肉桂树全身都是宝，其不同部位有不同名称及效果，树皮是桂皮（肉桂），树叶是桂叶（肉桂叶），树枝是桂枝，开花结果叫桂子。

花椒 / 品种多元，味道相异

芸香科灌木或乔木的果实干燥而成，一般分为红花椒和青花椒，性热味麻，是川菜料理及麻辣烫、麻辣锅的最佳香料，重点取其麻香，不同花椒品种有不同香气，细闻下至少有柳橙、橘子、柠檬、青柠等风味，相当有趣。

红花椒
汉源贡椒，具柳橙味

青花椒
金阳青花椒，具青柠味。

红花椒
大红袍椒，具橘子味。

青花椒
江津青花椒，具柠檬味。

桂枝 ／ 若不想肉桂味太浓，可以用桂枝来代替

性温味辛甘，是樟科植物肉桂的树枝，与肉桂本是同根生，但药性不同，在传统药铺里是很好用的感冒药，香料界会用在综合卤包中，尤其卤牛肉特别香。

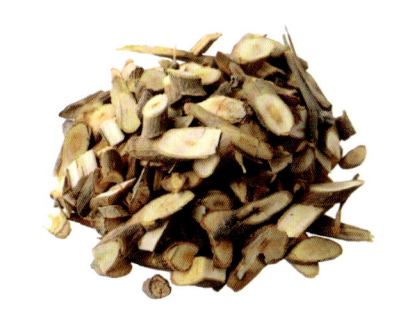

香叶 ／ 泛指月桂、肉桂与阴香叶

中式香料里常将香的叶子统称为"香叶"，将枝叶磨成粉后可调味，常见有三：月桂叶、肉桂叶、阴香叶。味道类似，像一家人，以月桂叶最多人用，常见于咖喱、意大利肉酱面、卤肉中。

八角 / 适量就好，不宜用多

八角又称大茴香（与欧洲大茴香不同），果壳有八个角，外形像星星，香气浓带有微甜味和甘草味，台式菜肴中常用于为各种肉类去腥增香，无论腌肉或卤、煮、炖、红烧都能提升美味，偶尔会单独出现，是五香粉的基本成员。

丁香 / 有公母之分，具防腐功能

味淡为母丁香，味浓为公丁香，具天然防腐功能，一般料理常用的为公丁香，是台式五香粉的基本成员，亦是印尼丁香烟里的常用香料。

小茴香 / 微甜带辛味

伞形科小茴香成熟果实干燥而成，性温味辛微甜，虽气味浓烈却让人有温暖之感。台湾咸水鸡卤水中常出现，也会用在炖肉里，亦是五香粉的成员之一。在欧洲常用于给鱼鲜去腥，印度人会加入咖喱综合香料中，运用广泛。

注：孜然（Cumin）因外形和别称与小茴香（Fennel）相似，人们常常搞混，其实二者气味完全不同。

山奈 / 有姜香却无姜辣

又称山奈、三奈、沙姜，外形如个头小的干姜，既能入药也是香料，有姜的香气，却没有姜的辛辣，是卤味香料的要角，能为家禽类料理去腥增香，广东有名的盐焗鸡就取其香气，滋味绝赞。

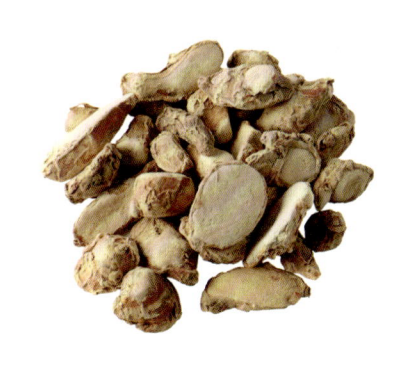

高良姜 ／ 干燥后的南姜

又称良姜，是蒙古火锅里的重要配料，除有姜科植物的辛辣，还带有肉桂的甜味，最大特点是外观呈红色，较一般干姜味道浓郁，台式五香粉的基本配料之一。另外在台湾南部的番茄切盘蘸酱里，加一点高良姜细粉，是阿嬷的家传秘方。

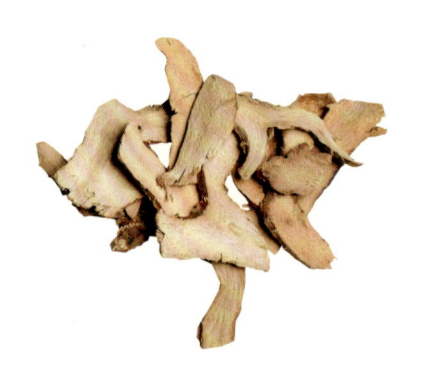

草果 ／ 捶破才会香

姜科植物的干燥果实，在中式料理中是调味香料，云南即有道名菜草果鸡汤，亦常出现在百草粉、十三香、咖喱粉、麻辣锅、蒙古火锅中，气味浓烈，对肉类的去腥效果很好。

注：完整的草果常会与草豆蔻搞混，二者气味不同，草果完整时味道清淡，一旦捶破，整锅菜只需一粒就足够。

白豆蔻　／　气味微凉，容易飘散

香气甜辣清爽带微凉感，是中式炖品中的常见调味料，在各式麻辣豆瓣酱或卤包中常用来辅助调香，但香气不持久，飘散很快，不会担纲主角，多作为前味的隐味。

肉豆蔻　／　少量使用，去除肉腥味

豆蔻家族里，唯一一个非姜科植物（属肉豆科），果仁含肉豆蔻醚，是温和的迷幻药，仅能少量使用，恰好肉豆蔻味道浓郁，料理时仅需加上一点即有香气，有着清凉的气味，在印度南洋咖喱、川式卤味及百草粉等复方香料中常见，偶尔也能与气味相差不远的白豆蔻或砂仁互相取代。

香果　/　去壳后即是肉豆蔻

许多人都把肉豆蔻跟香果看作两种不同的香料，其实两者相同，将香果的壳打破，里头的果实便是肉豆蔻了，分圆香果、长香果两种。

肉豆蔻

注：豆蔻家族里，还有绿豆蔻（小豆蔻）、黑豆蔻、红豆蔻等，但中式料理较少用到，反倒是印度咖喱中常会添加。

脱壳后的香果

砂仁　/　可和白豆蔻互相取代

姜科植物干燥成熟的果实，气味辛凉，可去除异味、增香辣味。在香料世界里可和白豆蔻互相取代，常出现在麻辣火锅或台式卤包中，中东地区也会将其用在咖喱菜色中。

人参 / 补气养生

养生药膳首选，曾是台湾槟榔配方里的香料，随着栽种时间的增加，所含的人参皂苷也会增加，近年来除养生茶饮、药膳炖品外，还运用到美容保健品、洗发精等生活用品中。

党参 / 四季补气药膳香料

性温味甘也具补气效果，常用来代替人参，是药膳锅中最常见的香料药材，因不燥热，常会出现在月子餐炖品或夏季养生锅中，用于调整锅物属性，一年四季皆宜。

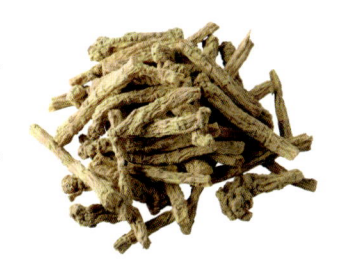

西洋参 / 四季凉补首选

五加科植物的根，与人参是家族兄弟，性寒凉，味道甘中带微苦，气味清香，是常用的保健香料药材，夏天食用也不怕燥热流鼻血。

黄芪 ／ 茶饮、鸡汤，养生增香

性温味甘甜，不热不燥又含有黄芪多糖，被认为是能强身健体的香料药材，最常使用在养生茶饮或药膳炖品中，家中炖鸡汤时也可以放几片来增香。

枸杞 ／ 泡茶煮汤自然甜

性平味清甜，中式料理中经常用来入菜、配色、调味，做药膳炖品也很受欢迎，常与黄芪、红枣同制成养生茶饮，明目滋补。建议不要久煮，或在汤品快熟后再加入，才能保持汤汁美观。

红枣 ／ 配色、增甜味

又名大枣，味甘性温，是常见的药食同源香料药材，常出现在养生茶饮、炖汤或各种药膳锅物中，既能配色增甜味，还能补血养颜。

黑枣 ／ 天然甜的香料药材

无论黑枣或红枣，每种枣类经过炭焙或晒干烟熏后都可叫黑枣，因经过再制，比红枣更补气且更具甜味，常出现在补药、泡酒或药膳炖品中，既能补气也能增加香甜味。

陈皮 ／ 清新有余韵

以橘皮晒干制成，放愈久味道愈足，愈陈愈香，能帮助消化、调理肠胃，用在麻辣锅中，可作为保养肠胃的一味药材，麻辣卤味或日式七味粉也多有添加，味道辛凉，清新十足。

罗汉果 ／ 天然的甜味剂

葫芦科多年生藤本植物的果实，大多烘干保存，性凉味甘甜，几乎零热量，在中国南方常被制成消暑润喉的凉茶，近几年在香料或药膳中多扮演甜味剂角色，调和各种药膳或锅物的味道，让其口味偏甜好入喉。

甘草 ／ 天然代糖

以香料出现时是生甘草，用于制凉茶、梅子粉。以蜂蜜炒过则为炙甘草，常出现在方剂或补汤中。设计香料配方时，因其尾韵带甘，常用于调和味型，可让苦味不明显。

甘草 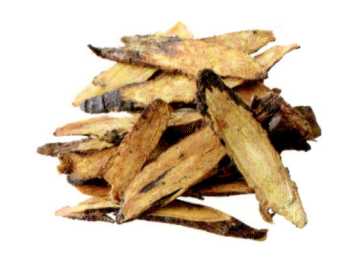　　　　　　　　　炙甘草

薄荷 ／ 清凉降火

新鲜薄荷在西方为芳香植物，可入菜或泡香草茶，东方则会干燥后放入各式凉茶中，是夏季消暑圣品。会与藿香等一起出现在卤水卤包中，取其凉性，可将燥热的锅物微调成偏温不燥的属性。

首乌 / 黑发神器

首乌即是何首乌，是少数以人为名的香料药材，性温，以能乌黑头发著名，除用于制作养生药膳，如首乌鸡汤、首乌芝麻糊，现在还萃取制成洗发精等产品。

甘松香 / 巧用可画龙点睛

味甘，根与茎干燥后使用。属"爱恨分明"的香料，有着松节油的气味，男闻如麝香，女闻可能如水沟臭味，常用在甘草瓜子、卤包、麻辣锅中，少许使用层次显著，有画龙点睛之效。

川芎 / 调整药香气味

伞形科植物的根茎干燥而成。味辛、香气浓烈，与当归算是四物汤二宝，当香料使用时，因药香味浓，可用来调和卤包香气味型，如麻辣锅需要多一些药膳香时，就可使用。

木香　/　调整气味的辅助香料

性温味苦,《本草纲目》说其气香如蜜,台湾制香业常用,在香料的使用上,取其香不取其苦,酌量少用可让料理带药膳香气,是调整气味的辅助药膳香料。

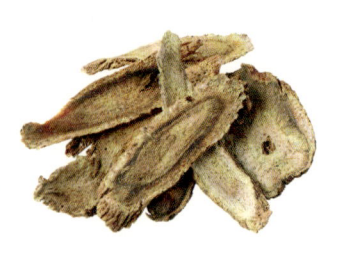

当归　/　养血药膳当归香

富含油脂的当归很香,是常见的养血药材,在香料里是主角也是好配角,可衍生出很多的药膳料理,如各式的当归汤和火锅,也是腌肉百草粉中的重要香料。

当归尾　/　味道较当归淡可用技巧取浓香

完整当归的细细尾巴须,香气较当归淡,不过因价格较便宜,商业上常用来替代当归,可以用长时间浸泡或粉碎等方式,使其香气充分释放,如此也能满足口腹之欲,完成美味的药膳汤品。

白芷 / 潮式卤水基本香料

当归的亲戚，皆为伞形科植物，没有当归那么多油脂，属气味清香的香料，常出现在十三香及川式卤味中，更是潮式卤水卤包的基本角色，还能用来制作活血祛湿茶饮。

百合 / 新鲜炒食；干燥入汤

整粒外形如白莲花而得其名，从新鲜到干燥都是养生食材，养颜美容，微凉降火，新鲜百合多炒食，清甜可口。干燥百合可入汤品或甜品，磨成粉可入美容产品，如面膜、面霜等。

玉竹 / 中和燥性的香料药材

百合科玉竹的干燥根茎，性温，平和滋补，润燥养颜，能中和燥性食物的属性，在夏季或热带地区是各式药膳炖品中很常见的配角，算是保健类的香料药材。

白茯苓 ／ 四神汤的重要元素

寄生在松树根部的真菌植物，切去外皮及赤茯苓后，留下的白色部分则为白茯苓。作为药膳是四神汤的必用之一，以形补形，同时也是美白圣品，可入面霜、面膜。

紫草 ／ 调和色泽首选

性寒，可凉血消肿，最有名的就是用来做万用紫草膏，同时也是麻辣锅、麻辣烫复方香料里不可或缺的一味。辣锅多燥热，紫草能将其调整成温和不燥，还可调整色泽，让汤汁变得红亮，看起来就可口。

栀子 / 天然的染色剂

栀子果实有着漂亮的橘红色,既是传统中药,也是天然的染色剂,一般常见的黄色粉粿即以栀子染色。在复方香料配方里,取其偏凉的中药属性,常用于调整药膳或麻辣锅的色泽和属性,使其不燥不热,为一年四季都好食的凉性香料。

檀香 / 神明认证的香

自古以来被视为名贵的香料和中药材,拜拜时用得最多,还能萃取精油,是神明认证过的香,潮式卤包中常出现。

本书提到的其他药材一览

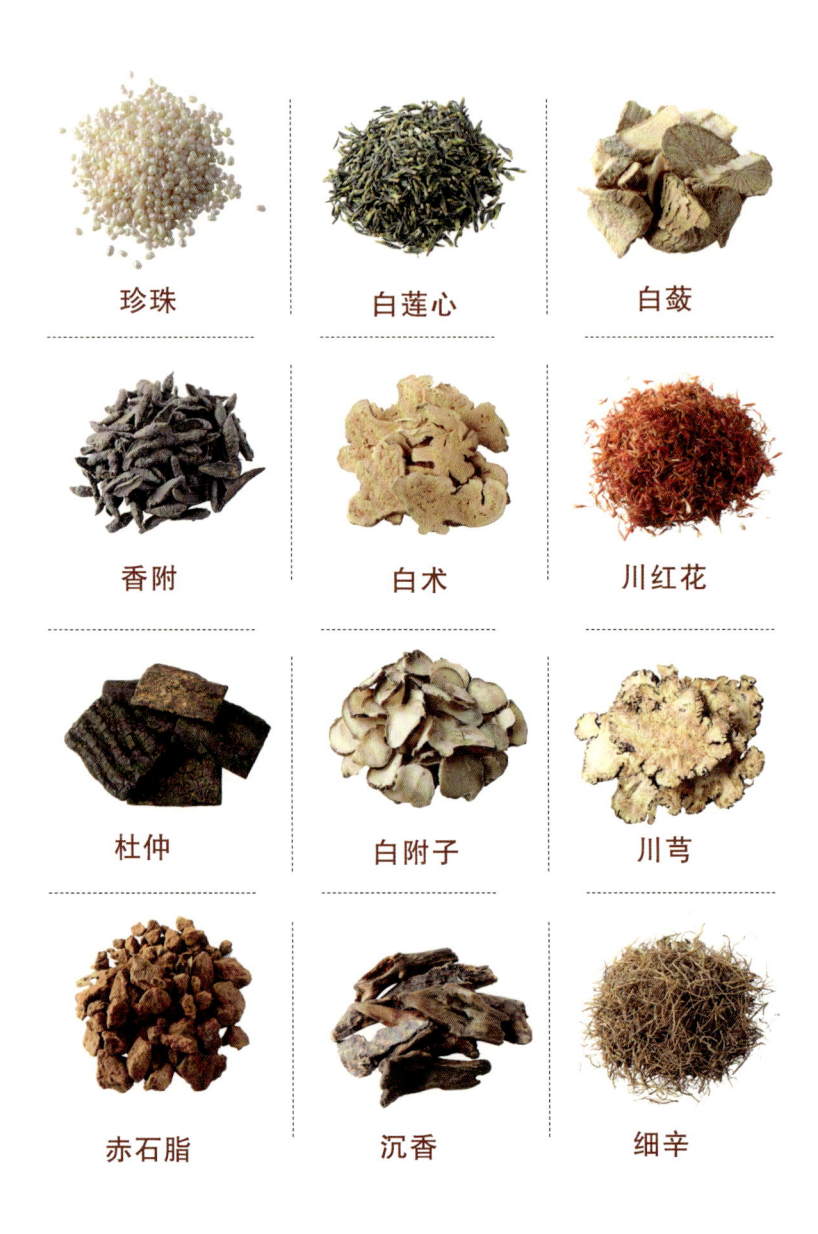

珍珠	白莲心	白芨
香附	白术	川红花
杜仲	白附子	川芎
赤石脂	沉香	细辛

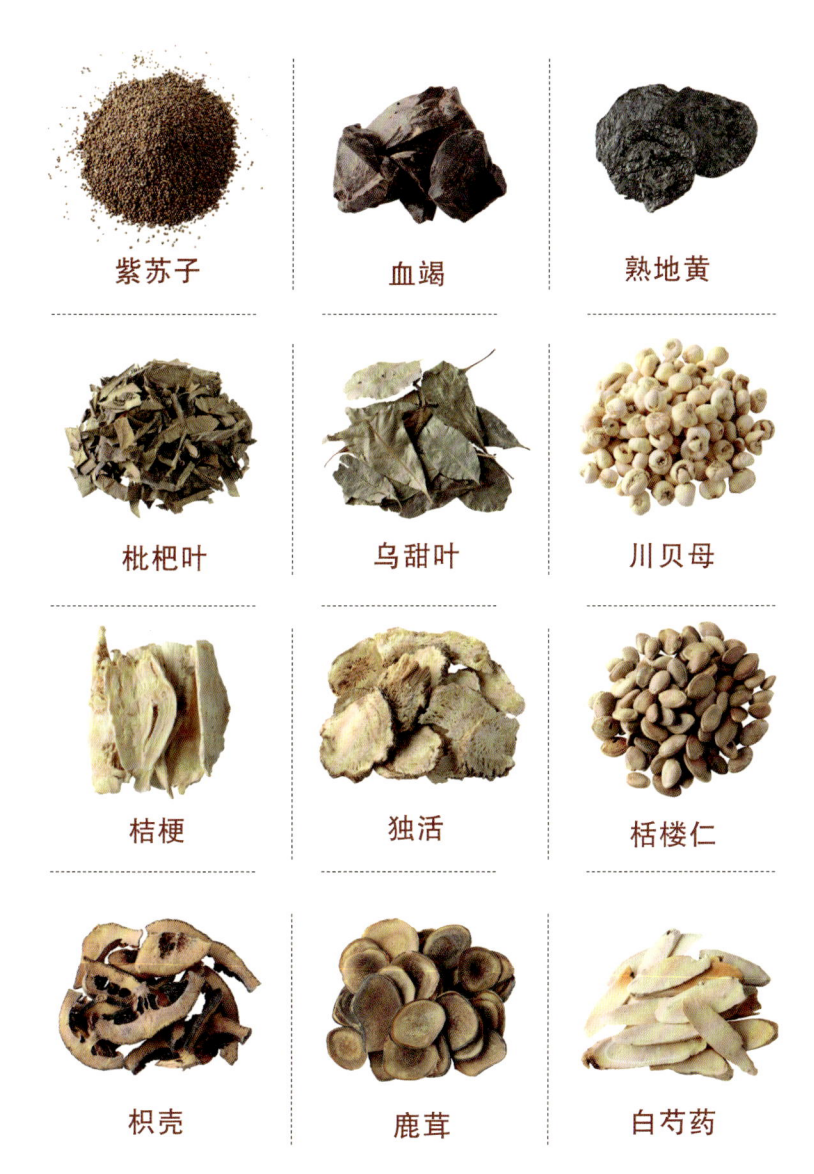

紫苏子	血竭	熟地黄
枇杷叶	乌甜叶	川贝母
桔梗	独活	栝楼仁
枳壳	鹿茸	白芍药

续断	牛膝	郁金	黑姜
莲藕	桃仁	羌活	巴戟天
益母草	木瓜	白扁豆	生地黄
人参须	黄芩	故纸花	荆芥

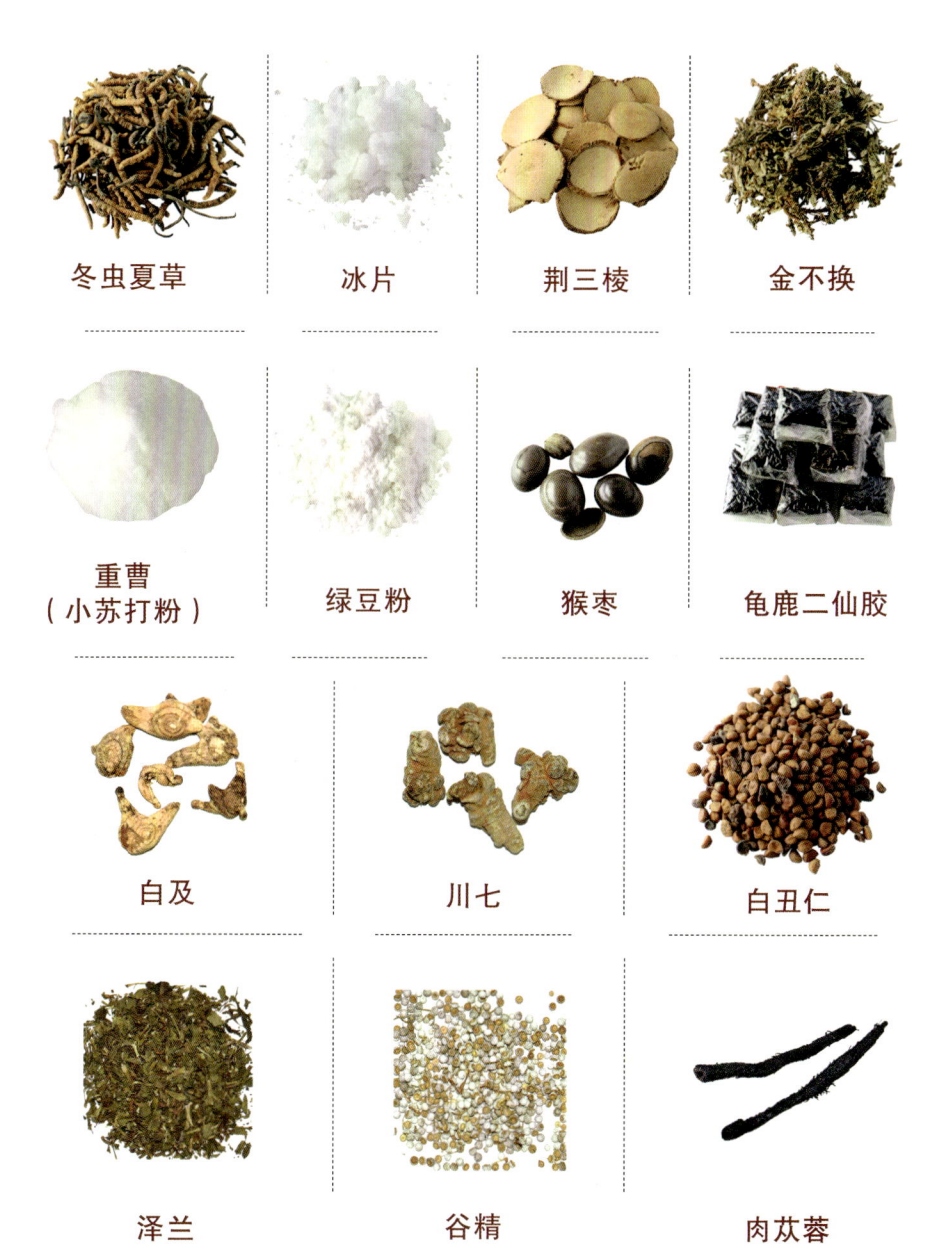

冬虫夏草	冰片	荆三棱	金不换
重曹 （小苏打粉）	绿豆粉	猴枣	龟鹿二仙胶
白及	川七	白丑仁	
泽兰	谷精	肉苁蓉	

辑五　香料、药材一览　309